COLLECTION FOLIO

Didier Daeninckx

Artana ! Artana !

Gallimard

Didier Daeninckx est né en 1949 à Saint-Denis. De 1966 à 1982, il travaille comme imprimeur dans diverses entreprises, puis comme animateur culturel avant de devenir journaliste dans plusieurs publications municipales et départementales. Écrivain engagé, Didier Daeninckx est l'auteur de plus d'une cinquantaine de romans et recueils de nouvelles, parmi lesquels *Meurtres pour mémoire, La mort n'oublie personne, Cannibale, Itinéraire d'un salaud ordinaire, Camarades de classe, Missak, Galadio, Le Banquet des Affamés, Corvée de bois* en collaboration avec TIGNOUS, *Caché dans la maison des fous* et *Artana ! Artana !*

La corruption mine la France, tous les partis en sont malades… La France est à la fois pervertie par l'exemple de la corruption et ulcérée du spectacle de cette corruption, elle ne voit plus dans les hommes d'État qu'une tourbe cupide, sans pudeur et sans lois.

AUGUSTE BLANQUI,
déposition à l'audience du 31 mars 1849 lors de son procès devant la Haute Cour de Bourges.

CHAPITRE 1

Je bois un café serré en attendant que la chimie se diffuse dans l'organisme du patient, jetant de rapides coups d'œil aux écrans du monitoring entre deux aspirations de liquide bouillant. Tout semble normal, respiration, température, fréquence cardiaque... D'un mouvement de tête, j'indique à François, mon assistant, qu'il peut installer la sonde respiratoire ainsi que le cathéter, au cas où nous aurions besoin d'administrer des médicaments en urgence. Dès que le dispositif est mis en place, je me saisis d'un scalpel tout en regardant les radios affichées sur le mur lumineux, derrière la table d'opération. Les deux hernies discales lombaires sont bien visibles, stade 5, et il va falloir retirer les lames dorsales des deux vertèbres pour ouvrir une fenêtre sur la moelle épinière. Du travail de haute précision qui nécessite une maîtrise parfaite du geste. Je respire profondément. En règle générale, je déconseillais le recours à la chirurgie pour des affections aussi prononcées concernant des sujets très âgés, l'absence de lourdes séquelles étant de l'ordre du miracle. J'avais bien essayé de faire comprendre à Mélanie Clayes, une baronne belge qui habite sur les hauteurs, qu'il valait mieux gagner du temps : traiter le mal par des antidouleurs, des sédatifs, quelques massages, et laisser son compagnon s'éloigner lentement... Mes arguments n'y avaient rien fait.

— Il a perdu toute sensibilité douloureuse profonde, les membres arrière sont pratiquement paralysés, il n'a même plus le réflexe de se lever pour aller faire ses besoins... C'est vraiment très risqué...

Elle l'avait enveloppé d'un regard mouillé.

— Je sais bien, docteur... Mais il est trop lourd pour moi... Je le déplace de pièce en pièce sur un chariot... Ce n'est pas une vie... C'est au-dessus de mes forces. Et à part ça il est en bonne santé pour son âge, il a de l'appétit. Et il est toujours affectueux. Il peut vivre encore deux ou trois ans, j'en suis sûre... Je vous en prie...

J'avais fini par céder. Je connaissais la baronne Clayes depuis plus de vingt ans. C'est elle qui m'avait vendu un hangar de la ferme de Portejoie qui menaçait ruine, et que j'avais relevé peu à peu avant de le transformer en clinique. Notre première rencontre avait eu pour cadre la grande salle de l'Orangerie du Moulin d'Andé où j'avais accompagné la femme de ma vie, une poétesse affiliée à un groupe de rimailleurs, Le puits de l'ermite. Sylvia (elle aurait préféré qu'on l'appelle Laure) avait vingt ans de moins que moi. Blonde aux yeux verts, elle était d'une douceur excessive dans le quotidien, mais il suffisait qu'on braque le faisceau d'un projecteur sur elle, au milieu de la plus humble scène, pour qu'elle donne libre cours à la folie qui l'habitait et dont seul un amant avait la connaissance. Incapable de porter la parole d'un auteur sans le trahir, elle préférait donner corps à ses propres œuvres écrites le plus souvent au petit matin, d'un jet, après nos batailles. Elle ne disait pas ses textes, ne les proférait pas davantage, non, elle les jetait au visage de ses auditeurs comme des poignées d'orties, de chardons, la scansion agissant comme une autopsie sur les mots, un démembrement du sens, et ce que j'avais lu sur le papier sans que cela ne provoque le moindre tressaillement se chargeait là, dans le halo de la poursuite lumineuse, de vibrations insupportables. Elle ne prenait rien à l'époque, distillant elle-même dans son corps une chimie intime lors de ses performances.

Ce soir-là, en ouverture, elle avait divagué autour de *The night of loveless nights* de Robert Desnos, la main droite plaquée sur son entre-jambe, l'ongle du majeur seul recouvert d'un vernis rouge sang et qui s'agitait en cadence sur le tissu tendu. L'excitation avait altéré son souffle, obligeant les mots à se frayer un chemin dans sa gorge au milieu des râles.

Nuit de luxure nuit de chute dans l'abîme
Nuit de chaînes sonnant dans la salle du crime
Nuit de fantômes nus se glissant dans les lits

Nuit de réveil quand les dormeurs sont affaiblis.
Sentant rouler du sang sur leur maigre poitrine
Et monter à leurs dents la bave de l'angine
Ils caressent dans l'ombre un vampire velu
Et ne distinguent pas si le monstre goulu
N'est pas leur cœur battant sous leurs côtes souillées.

Éprouvée par cette prestation véritablement tellurique, la baronne Clayes nous avait invités à sa table que partageaient déjà plusieurs cinéastes africains. L'un d'entre eux, un Mauritanien beau comme un roi shakespearien, revenait du Sahara occidental où il avait filmé pendant des mois les combattants du Front Polisario qui voulaient soustraire à l'emprise marocaine le Río de Oro, un océan de sable battu par les vagues salées de l'Atlantique. Il parlait d'une voix claire aux modulations infinies, sans la moindre trace d'accent, des intonations que je n'avais cessé de surprendre, plus tard, au hasard des pressions du pouce sur la télécommande : voix de Ben Kingsley dans *Gandhi*, d'Eddie Murphy dans *Le flic de Beverly Hills*, de Morgan Freeman dans *Million Dollar Baby*, et même de l'Âne dans la série des *Shrek*. Il vivait de son art avec le doublage pour mécène. Le nom d'Antonin Artaud, poète encellulé, avait roulé dans la conversation comme un galet ballotté par le ressac, mais j'étais alors bien trop fasciné par Sylvia, trop gourmand de ses abandons, pour y déceler les fissures qui devaient la précipiter vers les enfermements.

Au cours des mois suivants, nous étions retournés plusieurs fois au moulin niché dans une boucle serrée de la Seine, près de Louviers, et j'avais appris peu à peu la légende des lieux qu'une habituée, Simone Signoret, comparait aux Sablonnières, le domaine mystérieux du *Grand Meaulnes*. Les ombres de Jules et Jim effleuraient encore les pans à colombages, la voix mutine de Jeanne Moreau résonnait, posée sur la musique de Rezvani, *chacun pour soi est reparti, dans l'tourbillon d'la vie...*, le rire de Romy Schneider s'échappait en cascade de la chambre qu'elle partageait avec Alain Delon, tandis que Georges Perec, aux cuisines, épluchait les légumes entre deux séances d'écriture de *La disparition*, son roman sans « e », sans « eux », les siens éparpillés à jamais dans la cendre grise d'Auschwitz. Dehors, le psychanalyste Jacques Lacan faisait gicler les graviers de l'allée en garant sa Triumph décapotable près de la DS présidentielle prêtée à Louis Malle par l'Élysée pour les besoins d'un film...

C'est bien des années plus tard, au moment de la débâcle, que j'étais revenu seul à Andé le temps de réfléchir au sens à donner à ma vie, sans me douter un instant que le hasard d'une conversation me conduirait à m'installer dans les ruines proches d'une autre utopie et cela pour le restant de mes jours. La baronne Mélanie Clayes avait alors été la seule à s'enquérir de la santé de Sylvia. J'étais resté le plus vague possible, averti que la première confidence ouvrirait la voie aux aveux. Elle en avait déduit que nous étions séparés, ce qui n'était qu'à moitié vrai, et s'était mise à me parler d'une de ses grandes amies, Clara Malraux, venue passer son dernier hiver au Moulin.

— Les gens la traitaient comme une antiquité ! Elle avait quatre-vingt-cinq ans, mais il suffisait de saisir l'éclat de son regard pour comprendre qu'intérieurement elle était demeurée aussi rebelle que dans sa jeunesse... Vous saviez qu'elle avait été ruinée par son futur Prix Goncourt de mari qui spéculait sur les mines d'or mexicaines, puis traînée en justice pour avoir volé les bas-reliefs khmers du temple de Banteay Srei, qu'on la disait intoxiquée à l'opium ? En 1968, elle fréquentait Daniel Cohn-Bendit à Nanterre, ce qui ne plaisait pas plus que ça à son ex-mari devenu ministre de la Culture du général de Gaulle !

En se levant pour prendre congé, la baronne avait saisi une canne accrochée par le bec au dossier de sa chaise avant de faire quelques pas en boitillant. Je l'avais interrogée.

— Vous êtes blessée ?

— Oh, ce n'est pas bien grave, la douleur est passée, ne reste que la gêne... Une entorse en descendant de cheval. Comble de malchance, je ne peux plus conduire : c'est le pied de l'accélérateur ! Il va falloir que je trouve quelqu'un qui accepte de me raccompagner...

Je m'étais proposé. Elle avait appuyé son bras sur mon épaule pour descendre les marches de l'escalier menant au parking, puis je l'avais aidée à s'installer à l'avant de ma Renault 5 après avoir débarrassé le siège d'une pile de livres et de polycopiés auxquels elle avait eu le temps de jeter un œil.

— Vous étudiez la médecine ?

Je savais déjà que je ne me présenterais jamais aux examens et je m'en étais sorti par une pirouette.

— La médecine ? Oui, je m'occupe d'elle en espérant qu'elle ne me rendra pas la pareille…

J'avais longé le méandre de la Seine sur ses indications, passant la pointe de l'île aux Bœufs puis celle de l'île de Connelles. La baronne Clayes m'avait indiqué un chemin encaissé qui grimpait à flanc de colline. Avant de tourner, j'avais aperçu un ponton et des hangars à bateaux près d'un chemin de halage, en contrebas, puis le faisceau des phares avait éclairé les troncs centenaires d'une forêt de chênes. Deux cents mètres plus loin, à la faveur d'une trouée, la masse sombre du château s'était découpée sur un ciel de pleine lune. Je m'étais garé au plus près du perron, sur la terrasse qui dominait la forêt et la courbe du fleuve. Les fenêtres de la réception s'étaient illuminées alors que nous gravissions les marches.

— Docteur…

L'interpellation de François me fait brusquement sortir de la rêverie qui accompagne les gestes mécaniques de l'intervention. Je hoche la tête pour lui donner l'autorisation de déplacer la curette et le tuyau souple afin d'aspirer les fragments de disques éjectés des vertèbres qui comprimaient la moelle épinière.

— Je crois que nous en avons enlevé le plus possible… Je ne sais pas s'il remarchera comme avant, mais il sera soulagé. Je te laisse refermer ?

Je m'approche de la baie vitrée, les mains au-dessus du lavabo pour retirer les gants de latex maculés de sang. Mon regard se porte sur le toit du château hérissé de chiens-assis, surmonté de hautes cheminées, comme posé sur l'océan mouvant de verdure, de l'autre côté de la Seine. Le domaine de la Batellerie, ainsi que me l'avait confié la baronne ce soir ancien où je l'avais raccompagnée, constituait la pièce maîtresse de la vaste propriété que l'industriel Louis Renault avait patiemment façonnée entre les deux guerres mondiales et qui, à moins de cent kilomètres de Paris, s'étendait sur près de mille sept cents hectares. Au tout début ce n'était qu'un refuge où le constructeur automobile recevait ses amis, ses obligés, les cadres les plus productifs de ses usines, où il organisait des parties de chasse, des après-midi de canotage, de baignades sur les plages artificielles qu'il avait fait aménager. Après la Grande Guerre et la reconversion forcée de l'industrie militaire, les tracteurs avaient remplacé les chars d'assaut sur les chaînes de montage de Boulogne-Billancourt. Les vastes étendues herbeuses d'Herqueville s'étaient transformées en terrains d'essais pour ces nouvelles productions à vocation agricole, moissonneuses-batteuses, faucheuses, herses… De nouvelles fermes avaient été acquises à Portejoie, Lanquest, Daubeuf, afin que les possessions forment un seul tenant, des routes tracées dans le bocage et bornées avec des pierres portant l'initiale « R », des centaines de maçons italiens s'étaient attelés à la rénovation et à l'agrandissement du château… Selon la baronne, Louis Renault s'était pris au jeu, et il avait appliqué au domaine de la Batellerie les méthodes d'organisation, de rationalisation, d'encadrement qui avaient cours sur l'île Seguin. Des contremaîtres évaluaient la productivité des ouvriers agricoles, des gardes armés surveillaient les fermes, les champs, contrôlaient les passants, fouillaient les véhicules qui empruntaient les routes en « R ». En quelques années, les rendements à l'hectare avaient battu des records, que ce soit pour le blé, l'orge, le maïs, le colza, le lin, la luzerne. Il avait fallu construire des silos à la hâte pour stocker les récoltes, trouver des débouchés sur les marchés de gros de Normandie. Même succès dans le domaine de l'élevage qui avait nécessité l'équipement en étables, en paddocks à taureaux, en écuries. Pendant l'Occupation, les forêts avaient été mises à contribution pour produire le charbon de bois nécessaire au fonctionnement des moteurs à gazogène. L'expansion avait été brisée net par l'arrestation de Louis Renault à la Libération, accusé d'intelligence économique avec le régime nazi, suivie de sa mort, quelques mois plus tard, dans sa cellule de la prison de Fresnes. Les usines nationalisées, la famille ne disposait plus que des possessions normandes.

Mal conseillé, le fils unique, Jean-Louis, s'était lancé dans des opérations hasardeuses, luzerne déshydratée, fécule de pomme de terre, avant d'accélérer la déconfiture du domaine en transformant certaines fermes en ateliers de montage de matériel de bureau. Il lui avait fallu se résoudre à mettre en vente le domaine à bas prix, à la découpe, sans trouver d'amateurs pour tous les lots. Le baron Clayes fréquentait la famille Renault du temps de sa splendeur. Il figurait parmi les invités permanents de l'industriel qui lui avait fait découvrir la beauté sauvage de ces terres humides. C'est tout naturellement qu'il s'était porté acquéreur en 1965 du château de la Batellerie, de la majeure partie des dépendances, et c'est sa jeune épouse, Mélanie, qui en avait hérité à son décès cinq ans plus tard.

Après l'ouragan qui avait dévasté mon existence et celle de Sylvia, j'avais loué une chambre au mois, un refuge, dans une pension de famille non loin du centre de Louviers, à quelques kilomètres du Moulin d'Andé dont les soirées constituaient les seuls moments où j'échappais à la solitude. C'est après une conférence sur le jeu de go, un exercice de stratégie qui consiste à contrôler 361 intersections au moyen de 180 pions blancs flanqués de 181 pions noirs, que la baronne m'avait fait visiter son domaine. Sur la berge opposée au château, dans un lieu appelé Portejoie, j'étais tombé en arrêt devant une construction au style improbable, un mélange de façade néoclassique agrémentée de parties d'inspiration locale à pans de bois, les boiseries des portes, des fenêtres peintes au moyen du « vert Billancourt », teinte emblématique destinée à l'origine aux carrosseries que l'on retrouvait dans toutes les propriétés de Louis Renault. Si plus personne n'habitait la bâtisse, transformée en hangar depuis une vingtaine d'années, elle avait cependant été épargnée par les vandales. Mélanie Clayes me l'avait cédée pour une somme très raisonnable, et j'avais consacré les mois suivants à la remettre en état. Dès que l'autorisation d'exercer était arrivée, le rez-de-chaussée avait accueilli la clinique, sa salle d'attente, son cabinet de consultation, son bloc opératoire.

Quand je suis sorti pour prendre l'air et me débarrasser des effluves médicamenteux, la baronne garait son imposante berline à la calandre en dents de requin près de la rambarde en fer forgé qui surplombe la Seine. J'allume une cigarette tandis qu'elle me rejoint en longeant l'allée.

— Alors, il va bien ? Comment ça s'est passé ? Dites-moi…

— Tout s'est très bien déroulé, rassurez-vous. Il a fallu intervenir sur trois vertèbres. Il est toujours sous anesthésie. Mon assistant va accompagner son réveil, et vous pourrez le faire ramener chez vous d'ici une heure…

Elle pose sa main sur mon bras.

— J'ai hâte de le voir… C'est possible ?

Je tire trois ou quatre rapides bouffées pour

rétablir le niveau habituel de nicotine dans mon organisme. Avant de la laisser entrer, je m'assure que François a bien débarrassé la table du sang répandu pendant l'opération, nettoyé les instruments, posé le pansement sur les chairs ouvertes. Mélanie Clayes traverse la pièce en étouffant ses pas, comme si elle entrait dans une chambre où l'on se reposait d'un sommeil léger. Elle s'incline puis avance la main vers le museau du chien endormi, le caresse doucement.

— Dors, Fidel... Dors, mon petit... Reprends des forces. On va retourner à la maison, ça va aller mieux...

Les larmes brillent dans ses yeux quand elle me regarde. Je m'assois devant le bureau.

— Je vais vous prescrire des anti-inflammatoires pour résorber l'œdème médullaire, des antibiotiques et des antalgiques en cas de douleur... Je passerai vérifier si tout est normal dans quatre ou cinq jours, puis il faudra que je le revois ici, à la clinique, pour enlever les fils... Repos total au cours des deux prochains mois. C'est très important. François vous montrera quelques exercices de flexion assez faciles à pratiquer afin de combattre l'ankylose. Sinon, je peux vous conseiller un très bon kiné à Louviers...

Elle me sourit.

— Je m'en occuperai ; vous me direz ce qu'il faut faire. Il ne se laisse approcher par personne. Hormis vous...

Elle insiste pour rester sur place afin d'assister

au réveil de son boxer, et je lui sers un café dans la salle d'attente, m'excusant de devoir m'absenter. Un éleveur de chevaux me réclamait, inquiet de la toux caverneuse d'un étalon récemment acheté à prix d'or, à Deauville, et je devais me rendre d'urgence dans son haras situé à une quinzaine de kilomètres, sur la route d'Elbeuf. Mon téléphone posé sur le siège du passager se met à sonner alors que je contourne les étangs par la chaussée de l'Andelle. Je prends la communication en voyant sur l'écran que l'appel émane d'un numéro inconnu, à l'étranger, sans me douter que ce simple effleurement de la touche de mon smartphone, du bout de l'index, va bousculer mon existence.

CHAPITRE 2

— Allô… Je ne sais pas si c'est le bon numéro… Je cherche à joindre monsieur Erik Ketezer. C'est urgent…

Bien que notre dernière rencontre remonte à près de huit ans, je reconnais sa voix dès les premières secondes, à ses intonations rauques.

— C'est moi, c'est Loubna.

— Qu'est-ce qui se passe ? Tu me téléphones d'où ?

Elle soupire longuement.

— De Montréal. Je suis soulagée de t'entendre, Erik. C'est là que je vis depuis déjà un bout de temps. Je sais que ce n'est pas facile entre nous, ça ne l'a jamais été, mais j'ai vraiment besoin de toi, à cause de Rayan…

Pas facile entre nous… Elle avait le don de résumer une situation inextricable en une formule. C'est elle qui avait mis en branle la procédure d'internement d'office de sa demi-sœur aînée, Sylvia, alors que je pensais qu'il était encore possible de la sauver du naufrage. Je n'avais rien pu faire contre l'avis des deux médecins psychiatres et l'autorisation d'hospitalisation signée par Sakina, la mère de Sylvia, ainsi que par Loubna et Rayan, le petit dernier. Le préfet avait suivi le mouvement imprimé par la famille, et une ambulance escortée par une voiture de la gendarmerie, puisqu'on pensait alors que je pouvais poser problème, était venue la prendre pour l'emmener vers l'établissement de soins de la région de Caen d'où elle n'était plus jamais sortie. Depuis sept ans, j'étais le seul à lui rendre visite, à part Rayan qui s'était déplacé une fois afin de la voir avant son départ pour l'Extrême-Orient. Il m'avait remis les journaux féminins dont elle se servait comme de cahiers et sur lesquels elle écrivait le quotidien de son enfer dans une langue dont elle était l'unique locutrice. J'avais passé des semaines entières à tenter de déchiffrer les griffures portées au stylo sur les visages, les corps des mannequins, au travers des publicités pour les produits minceur, en marge des recettes de cuisine, sans jamais trouver le moindre chemin dans le maquis de ses pensées.

Loubna sanglote par-delà l'Atlantique.

Je me gare près d'une cabane basse d'où les chasseurs embusqués, en saison, tirent le gibier d'eau.

— Je ne sais pas comment te dire ça, Erik… On vient juste d'être prévenus. Rayan est mort, il a été tué en Thaïlande, sur la plage, près du village où il s'était installé. Je suis bloquée avec les deux petits et je ne peux pas…

La nouvelle me frappe avec la violence d'un coup de poing au plexus. Rayan ! Je l'ai connu tout gamin lorsque Sylvia me traînait dans la cité Fougeron, à Courvilliers, pour d'interminables repas de famille autour d'un couscous sec aux œufs ou d'un poulet à la coriandre. Un ancêtre, probablement de passage en Kabylie, avait légué à l'enfant une surprenante chevelure bouclée d'un pur blond vénitien qui détonnait au milieu des toisons déclinant toutes les nuances du brun. Ce qui me vient immédiatement en mémoire, c'est la douceur du regard que Rayan posait sur chaque instant, sa manière de sourire pour calmer la moindre tension, sa façon de se mouvoir, tout en fluidité, l'ironie bienveillante grâce à laquelle il se mettait à l'abri des discussions qui enflammaient les adultes. J'avais un peu joué le rôle du grand frère auprès de lui, je l'avais vu devenir un homme, un athlète, et s'il avait conservé ses boucles blondes, il avait également réussi à préserver cette personnalité où la volonté de compréhension tenait une large place. Les mots de Loubna « il a été tué en Thaïlande » percutaient mes souvenirs de plein fouet.

— Ce n'est pas possible, pas Rayan ! Tu es sûre que c'est bien lui ?

— Je ne voulais pas y croire moi non plus quand maman m'a téléphoné, il y a deux heures de ça. J'ai passé dix coups de fil à l'ambassade de France à Bangkok, et malgré le décalage horaire j'ai réussi à joindre le consul honoraire de Phuket. Le corps de Rayan a été découvert sur une île, au large, à Ko Phi Phi. Il n'y a malheureusement pas de doute, il m'a envoyé le scan de sa carte d'identité… D'après lui la police est sur une piste, mais il n'a rien voulu me dire de plus précis.

J'allume une cigarette alors qu'un héron se pose au milieu des joncs, à une vingtaine de mètres, pour observer la surface de l'eau. Même si je sais déjà ce qu'elle va me demander, je pose la question qui, d'avance, vaut acceptation.

— Qu'est-ce que je peux faire ?

Je l'entends marcher, pousser une porte grinçante pour aller consoler un bébé en pleurs.

— Il y a longtemps que tu n'as pas revu notre mère, Sakina. Tu ne la reconnaîtrais plus. Elle a beaucoup grossi depuis la mort de papa… Elle ne bouge pratiquement plus de son appartement. De mon côté, je suis seule, la plus petite n'a pas encore un an et je viens de décrocher un job après des mois de galère… J'ai cherché à quelle porte frapper avant d'essayer de te joindre, mais tu es le seul en qui nous avons confiance…

Je mesure ce qu'il lui en coûte de me faire cet aveu après les cris, les affrontements, les insultes qui nous ont presque conduits à en venir aux mains quand se jouait le destin de Sylvia.

— Je t'écoute, Loubna. Dis-moi ce que je dois faire.

Immobile depuis de longues minutes, le héron vient de plonger la tête dans l'eau, à la vitesse de l'éclair, puis il pointe vers le ciel son bec où frétille un poisson argenté.

— Si c'était envisageable, il faudrait que quelqu'un se rende sur place pour les formalités de rapatriement du corps et en savoir un peu plus sur ce qui s'est réellement passé... Il faudrait partir ce soir ou demain, et j'imagine que tu as pas mal d'obligations avec ta clinique...

— Je vais voir ce qu'il est possible de faire. La clinique, je peux m'arranger avec un collègue. Là, je suis en route pour une urgence et il ne va pas falloir que je tarde. Tu me fais parvenir le maximum de détails par texto, et on se reparle dès que je suis de retour. D'accord ?

La consultation de l'étalon est assez rapide, presque expéditive. Le nouveau propriétaire s'inquiète à la mesure de ce qu'il a déboursé pour acquérir le cheval, alors que la toux n'est due qu'à une allergie. Je lui conseille d'humidifier la paille du box de manière à faire retomber les poussières en suspension ou de la remplacer par des copeaux, avant de lui prescrire un banal sirop à l'eucalyptus.

Je rappelle Loubna dès mon retour à Portejoie. J'ai toutes les peines du monde à lui faire admettre que je ne veux pas de l'argent de la famille, que j'en fais partie même si je ne suis pas marié avec Sylvia. Elle finit par se rendre à mes arguments quand je prononce à nouveau le prénom de sa demi-sœur.

— Tu sais, j'avais beaucoup d'affection pour Rayan. Je l'ai vu grandir. Il lui arrivait de passer une soirée au Moulin d'Andé pour assister à un spectacle de Sylvia. Il s'énervait quand elle continuait à l'appeler « mon bébé »... Elle m'avait fait promettre de veiller sur lui...

François pouvait assurer les rendez-vous ordinaires pendant mon absence et Frédéric, un collègue de Louviers avec qui nous organisions les permanences alternées au cours de l'été, avait accepté de prendre en charge la seule opération que je n'étais pas parvenu à différer, la rupture d'un ligament croisé crânial chez un labrador en surcharge pondérale. Grâce aux indications fournies par Loubna sur la base des conseils du consul honoraire, je parviens de justesse à réserver un vol au départ de Roissy sur Emirates pour le lendemain en fin de matinée avec un retour deux jours plus tard. Allergique aux carlingues, je vais devoir endurer dix-huit heures de vol dans chaque sens, sans compter l'escale à Dubai. C'est davantage que je n'en ai supporté au cours des dix dernières années.

L'effet des deux pilules ingérées pour tenter d'atténuer l'angoisse se dissipe au-dessus du golfe Persique, et la vue des eaux turquoise, douze mille mètres plus bas, convoque une nouvelle fois le souvenir de Rayan. Il est indissociable du quartier qui l'a vu naître. La cité Fougeron de Courvilliers, coincée entre le cimetière et les tours des Courtillières, figure dans la liste des utopies architecturales édifiées à la fin du miracle économique des Trente Glorieuses, quand on pensait que le béton brut recelait des vertus révolutionnaires, que la maîtrise de l'espace conduisait à celle du temps. L'Office municipal d'habitations à loyer modéré avait attribué à Sakina un vaste appartement aux pièces dessinées en triangles qu'il avait fallu meubler en bricolant ce que proposait le commerce ordinaire. Un désagrément compensé par la présence d'une terrasse engazonnée qui bénéficiait de quelques heures de soleil les fins d'après-midi. Les fenêtres donnaient sur l'alignement des sépultures, au sud, et les cheminements piétonniers au nord. Les rez-de-chaussée étaient alors occupés par des peintres, des photographes, des sculpteurs, des graphistes qui ouvraient leurs ateliers au public deux fois l'an. Des vedettes du showbiz venaient se faire tirer le portrait devant les murs qu'ornaient les premières fresques de street art. Bien avant la mode du selfie, on posait aux côtés de Gainsbourg, de Bruel, de Vanessa Paradis et même de Jay, le leader de Run-DMC qui, descendu de sa Rolls de location, avait bombé le logo du groupe sur un mur d'angle de la cité. Rayan avait un temps suivi les bandes qui tenaient les coursives, les passages, avant de faire la connaissance d'un artiste bourlingueur, un navigateur qui vivait et voyageait en vendant ses marines pointillistes au prix du rêve. Le gamin s'était passionné pour les épopées corsaires, les républiques flibustières, les comptoirs des Indes, les explorations remontant l'Amazonie, les îles au trésor… N'ayant encore jamais vu la mer, c'est la piscine du quartier de la mairie qui pour lui s'était emplie de tous les océans du monde. Il y avait appris à nager et surtout à plonger dans la fosse profonde de quinze mètres. Son bac en poche, je l'avais encouragé à dire oui quand le peintre lui avait proposé de le prendre comme skippeur pour une traversée à la voile vers les Antilles. Il y était resté six mois, passant d'île en île, au gré des expositions organisées par l'artiste, avant de rapatrier seul le voilier à Saint-Malo. Sylvia et moi recevions des cartes postales de loin en loin, Jamaïque, Hawaï, Australie, Fidji... Il travaillait une saison pour un tour-opérateur, comme moniteur de voile ou de plongée dans un hôtel de luxe les mois suivants, donnait des cours de surf, de planche à voile ou de parachute ascensionnel sur les spots les plus en vue d'Océanie... Puis il avait rencontré Kalaya, une jeune Thaïlandaise qu'il avait suivie jusque dans sa ville natale de Phuket où sa famille tenait un restaurant de poissons. Elle avait disparu quelques mois plus tard, emportée avec deux cent mille autres personnes par le tsunami de décembre 2004. Rayan n'avait plus donné de nouvelles pendant plusieurs années. Je ne l'avais revu qu'une fois, lorsqu'il était venu rendre visite à sa demi-sœur à l'hôpital psychiatrique de Caen, et qu'il s'était excusé auprès de moi pour avoir porté sa signature sur la demande d'hospitalisation d'office.

Les deux pilules prises après l'escale de Dubai ont réactivé les principes soporifiques des deux précédentes, et il faut qu'une hôtesse me secoue énergiquement l'épaule pour que j'ouvre les yeux, à sept heures du matin, alors que nous amorçons la descente vers l'aéroport international de Phuket. Le consul, un homme d'une cinquantaine d'années aux cheveux longs, habillé d'un costume blanc et chaussé de baskets crème, m'attend dans le hall, flanqué de son chauffeur qui exhibe l'écran d'une tablette tactile où clignote mon nom. Il me tend la main tout en exhalant la fumée aromatisée à la réglisse de sa vapoteuse.

— Bienvenue en Thaïlande, monsieur Ketezer. Vous avez fait bon voyage ?

— Ce n'est pas mon loisir préféré... Je suis un peu assommé, je prendrais bien un café...

— Un petit déjeuner nous attend au consulat, nous y serons d'ici une demi-heure...

Nous traversons la presqu'île à vive allure, jusqu'à une voie rapide sans charme bordée de sièges sociaux, d'échoppes, d'immeubles en construction. Je me retrouve engoncé dans un fauteuil tressé devant une table basse où une jeune femme en robe longue à motifs floraux dispose une corbeille de croissants, une autre de fruits ainsi que du café et du thé. Le consul demeure silencieux pendant que je me restaure, et j'évite ses mimiques d'encouragement en regardant les maquettes de vieux gréements exposées derrière les vitrines de la bibliothèque. Je romps le silence en posant une première question.

— Vous connaissiez Rayan... Je veux dire personnellement ?

— Oui. J'étais déjà en poste au moment de la catastrophe, et j'ai assisté tous les compatriotes qui en avaient été victimes d'une façon ou d'une autre. Nous nous sommes occupés de la famille de sa fiancée, Kalaya. Ils devaient se marier à l'été…

Je suspends mon geste alors que je me resservais une tasse de café.

— Je l'ignorais…

Il se lève pour prendre un dossier administratif dans son bureau, le fait glisser sur la table.

— Le père de Kalaya a également disparu dans la catastrophe… On commence tout juste à s'en remettre. J'ai reçu les scans des procurations de la mère et de la sœur de Rayan, tout est en règle. Il n'y aura que deux ou trois papiers à signer, mais avant il va falloir procéder à la reconnaissance du corps. En temps normal j'aurais pu vous éviter l'épreuve… Là, on ne peut pas faire autrement : il y a six mois, les employés ont inversé deux cadavres dont celui d'un patron néerlandais mort d'une crise cardiaque. Les proches s'en sont aperçus au moment de l'inhumation près d'Amsterdam. Le scandale a été énorme. Depuis, il faut respecter la procédure… Ce n'est pas très agréable, surtout le matin. Vous croyez que ça ira ?

— J'ai fait un peu de médecine, j'espère que les souvenirs d'amphi me seront utiles…

Il ne nous a fallu qu'une dizaine de minutes de voiture pour pénétrer dans les jardins du Vachira Hospital. Le parking de la morgue se trouve à l'arrière du bâtiment principal. Un employé nous tend des masques médicaux avant d'ouvrir la cellule réfrigérante et de tirer sur ses rails le compartiment dans lequel Rayan repose. C'est le consul qui soulève le coin du drap sur le visage bronzé et l'auréole de cheveux blonds décolorés par le soleil. Aucune trace de l'effroi qui a dû le saisir au moment de la mort ; il semble dormir. Mes poings se serrent, ma mâchoire se crispe et je dois réprimer le soudain reflux du café. Le consul se tourne vers moi.

— Il a reçu deux balles dans la région du cœur. Vous voulez vérifier ?

— Non, ce n'est pas nécessaire. C'est bien lui, malheureusement. Vous pouvez le recouvrir.

Sur le chemin du retour, nous faisons une halte à la terrasse d'un bar où le consul semble avoir ses habitudes. Je commande une bière, une Chang, comme lui, qu'on nous sert dans des verres remplis de glaçons. Le consul attend que j'en aie bu la moitié pour me confier ce qu'il sait à propos des derniers moments de Rayan.

— Après le tsunami, il est resté pendant deux ans aux côtés des proches de Kalaya. Il a traversé une vraiment sale période dont il s'est sorti en les aidant à reconstruire un restaurant, cette fois-ci sur la côte ouest, dans le secteur touristique de Patong. Il a ensuite repris son métier de skippeur entre l'Australie et les Fidji, les Salomon. Sincèrement, je pensais ne plus jamais le revoir. Jusqu'à ce qu'il débarque dans mon bureau, il y a de ça six ou sept ans. Il avait besoin de conseils administratifs pour acheter une maison sur l'archipel de Ko Phi

Phi, celle-là même où il a été assassiné, à une cinquantaine de kilomètres au large de Phuket. Ici, la législation est très différente de celle qui est appliquée en France et tout est rédigé dans l'alphabet thaï abugida où un même signe peut avoir trois ou quatre significations différentes. L'interlocuteur n'est pas un notaire mais un avocat. En plus, un étranger ne peut pas devenir propriétaire du terrain. Il le loue par tranches de trente ans renouvelables et ne possède que la maison. Ou alors, il doit créer une société avec un Thaïlandais qui détiendra obligatoirement un minimum de cinquante et un pour cent des parts… Je l'ai mis en garde, mais il a passé un accord de ce type avec sa belle-famille qui va hériter de la maison alors qu'il a tout payé de sa poche…

Avant de me verser le reste de la bière, je me penche sur la droite pour me débarrasser des glaçons dans un énorme bac à fleurs où s'épanouissent des orchidées blanches.

— Vous pensez qu'ils pourraient avoir eu un intérêt à…

— Non, ce n'est pas du tout ce que je voulais dire… Bien que je vive dans ce pays depuis des décennies, j'ai conservé mes vieux réflexes occidentaux. La police locale les a entendus, et d'après les informations dont je dispose les enquêteurs n'ont rien à leur reprocher.

— Loubna, la sœur de Rayan, avait cru comprendre qu'ils étaient sur une piste. C'est confirmé ?

Il pose sa main sur mon bras quand je

m'apprête à sortir mon paquet de cigarettes et mon briquet.

— Il est interdit de fumer pratiquement partout dans le pays. On peut vapoter, pour le moment... Les cigarettes sont tolérées dans la rue si on ne jette pas son mégot par terre. Les policiers sont intraitables, ils contrôlent dès que l'odeur du tabac leur chatouille les narines. Les accros se promènent tous avec une boîte métallique dans la poche... Pour Rayan, deux suspects dorment en prison depuis avant-hier, des garçons du coin qui travaillent pour des hôtels, sur l'archipel. Ils connaissent bien votre ami, il les avait pour ainsi dire associés à ses recherches de l'épave d'un bateau de commerce hollandais appartenant à la Compagnie des Indes orientales.

Rayan m'avait parlé cent fois des tonnes d'or et de pierreries, de porcelaines anciennes qui gisaient au fond des mers. Il se passionnait pour les livres relatant les expéditions de renflouement, mais je ne me souviens pas de l'avoir entendu se mettre dans la peau d'un de ces aventuriers.

— Il vous en avait touché un mot ?

— Assez souvent. Je crois qu'il a contracté le virus en assistant à une conférence que j'avais organisée au consulat avec un chercheur au CNRS, Michel Jacq-Hergoualc'h, sur les ports-entrepôts de la péninsule malaise. Il s'est procuré tous ses ouvrages qu'il a lus de près, j'en suis témoin. Au bout de six mois, il en savait davantage que moi sur le sujet. Ses recherches n'étaient pas absurdes : au tout début du XVIIe siècle, les Hollandais ont installé un comptoir important à Pattani, plus au sud, ainsi que des succursales sur toute la péninsule dont une à Jungceylon qui correspond aujourd'hui au territoire de Phuket. Si le commerce portait principalement sur l'étain, il est avéré par de nombreux documents que de l'or, des pierres précieuses et de la porcelaine chinoise de grande valeur ont également transité dans les eaux qui nous entourent. Plusieurs bateaux ont sombré au large de Ko Phi Phi, et des pêcheurs ont déjà ramené dans leurs filets des débris de porcelaine, d'instruments de navigation, d'armement de navires… Il est possible que Rayan soit tombé sur le pactole et que ses deux acolytes n'aient pas supporté de partager le produit de la découverte.

Je refuse la deuxième bière qu'il me propose. Le décalage horaire, la fatigue du voyage, la chaleur humide se sont déjà conjugués pour muscler la teneur en alcool de la première.

— On a retrouvé des objets qui seraient susceptibles de donner du corps à cette hypothèse ?

— Non, rien. Pas de matériel non plus pour la plongée en eau profonde… Mais on sait depuis longtemps qu'il n'est pas nécessaire que l'or soit sur la table pour que le crime survienne. Le rêve de l'or suffit.

À ma demande, il me fournit l'adresse de la famille de Kalaya à Patong, ainsi que le nom d'un ami proche de Rayan que je peux croiser sans difficulté sur Nanai Road, dans un bar du quartier des 4 000.

— Le quartier des 4 000 ! C'est curieux, on a le même à La Courneuve…

Il hausse les épaules en riant.

— Ce n'est pas un hasard. Il y a pas mal de gens de La Courneuve, de Saint-Denis, de Courvilliers qui vivent ici à mi-temps… Certains ont fini par poser leurs bagages définitivement, et ils ont baptisé le secteur en référence à la ville d'où ils viennent. Ils ont pas mal d'argent, ils investissent, et les autorités locales ne se montrent pas trop curieuses… Vous êtes descendu à quel hôtel ?

— Je n'ai pas vraiment eu le temps de m'organiser…

— On va arranger ça…

Il me fait déposer par son chauffeur devant le Banyan Tree au fronton décoré de cinq étoiles après avoir passé un coup de fil à la direction.

— Nous travaillons ensemble. Vous êtes notre invité. Nous nous reverrons après-demain au moment de votre départ. N'hésitez pas à me contacter si vous avez le moindre souci. Enchanté d'avoir fait votre connaissance, monsieur Ketezer.

Je reprends ma valise de cabine dans le coffre pour la tendre au groom avec la désagréable impression, pour un vétérinaire, d'être traité comme une poule.

CHAPITRE 3

Après trois longueurs de piscine, je me fais servir en chambre du poulet frit au basilic et une mangue juteuse à souhait que le chef a épluchée puis sculptée en forme d'éléphant. Les vingt-cinq premiers e-mails collectés par mon smartphone concernent la clinique. La messagerie les a également redirigés vers la boîte de mon remplaçant. Rien d'important à part le fait que François s'est rendu en urgence au chevet de Fidel. Le boxer trop bien nourri de la baronne Clayes a été sujet à un choc postopératoire de moyenne intensité, mais tout est rentré dans l'ordre. Élodie s'étonne de ne pas avoir de nouvelles et me demande si notre rendez-vous hebdomadaire tient toujours. Le dernier message, collectif, informe tous ceux qui l'ont connu des obsèques de Rayan dans le caveau familial, au cimetière de Courvilliers. C'est là que reposent son père et une sœur, Zohra, décédée en bas âge, et dont j'apprends ainsi la brève existence. Dans la pénombre des rideaux tirés, je réussis à plonger dans le sommeil, par bribes, pour me réveiller à la nuit tombée. Après une halte au bureau de change pour convertir trois cents euros, un bon quart d'heure de marche rapide le long de la plage me remet les idées en place. Puis je m'installe à l'arrière d'un tuk-tuk qui doit me laisser en haut de Nanai Road. Au moment de régler la course, le conducteur, qui parle un anglais aussi basique que le mien, me fait comprendre que l'argent ne l'intéresse pas tant que ça, qu'il a une suggestion à me faire. Je me laisse embrouiller, moitié par fatigue, moitié par curiosité. Il me guide à travers la foule. Sans trop savoir comment, je me retrouve collé au décolleté généreux d'une jeune femme au sourire épanoui qui me propose de boire une bière en assistant à un spectacle, un *ping pong show*, dont aucun de ceux proposés à Patong n'égale, d'après elle, celui du Banana. Le prix, une centaine de bahts, correspond au double de celui de la course en tuk-tuk. C'est quand elle passe devant moi, pour m'ouvrir le chemin, que je m'aperçois qu'elle n'est habillée que d'un soutien-gorge, d'un string et de bas résille. Je me retrouve assis à une table, dans la pénombre, au milieu d'une quinzaine de touristes, une carte plastifiée détaillant le menu dans les mains. Une hôtesse, aussi peu vêtue que la précédente, pose une bière près de moi tandis que je détaille les trente propositions qui toutes sont illustrées par une photo de l'objet, de l'aliment ou de l'animal cités dans chaque titre imprimé en anglais et traduit en russe : *Ping Pong Show, Banana Show, Catfish Show, Smoking Show, Mouse Show, Egg*

Show... Dix minutes plus tard, l'hôtesse est de retour avec une nouvelle tournée de bière qu'elle nous sert avant de prendre les commandes. *Free show only buy drink*... Sans bien savoir ce qu'il en est, je pointe le doigt sur *Smoking Show* tandis qu'à côté de moi on opte au hasard pour *Ping Pong Show*, *Bottle Show* ou *Blade Show*. À chaque énoncé, la jeune femme dépose des objets devant le client : pour moi une cigarette Lucky Strike et un briquet, une bouteille de Coca pour mon voisin, une balle de celluloïd et une raquette pour sa compagne, une lame de rasoir en face de nous. Le faisceau blanc d'un projecteur éclaire soudain le centre de la table, le volume de la sono monte à son maximum, au moment où une jeune Thaïlandaise d'une beauté stupéfiante, entièrement nue, apparaît dans le cercle de lumière crue. Elle monte prestement sur le plateau, se servant de la table comme d'une scène, la parcourant à grandes enjambées qui découvrent l'intérieur de ses cuisses. J'appuie mon dos au dossier de la chaise, jetant des regards furtifs et interrogatifs à mes voisins de droite comme de gauche qui semblent tout autant sidérés que moi. Le corps ondulant au rythme de la musique, elle s'accroupit maintenant tout en ouvrant les genoux pour finir par s'allonger sur le bois vernis. Son bras droit se déplie pour saisir la raquette qu'elle présente à la jeune femme, lui demandant de la maintenir droite devant elle, à mi-hauteur, avant de prendre la balle de ping-pong entre ses doigts aux ongles argentés démesurément longs. S'aidant des coudes, elle pivote pour se trouver face à la raquette, les jambes relevées, ouvertes. La balle de ping-pong disparaît aussitôt, poussée d'une main experte dans son sexe avant d'être projetée par une contraction stupéfiante dans le caoutchouc vert qui recouvre la face de la raquette. Puis c'est au tour de la bouteille de soda et de la lame de rasoir d'être absorbées par le vagin de la jeune femme qui finit par se laisser glisser vers moi pour planter la cigarette entre ses grandes lèvres en me faisant comprendre que je dois me servir du briquet. Je m'exécute avant de quitter la salle quand les premières volutes de fumée s'élèvent au-dessus de son pubis rasé. La fille en bas résille me cueille au passage pour me présenter une note dix fois supérieure à ce qui était initialement convenu. Je lui compte les billets sans discuter, tandis que derrière moi les touristes commencent à ergoter, à négocier, sous le regard attentif des videurs musclés du Banana. J'accélère le pas, me cognant aux groupes de badauds, partagé entre l'excitation et l'écœurement. Machinalement, ma main se referme, dans ma poche de veste, sur le paquet de cigarettes dont une se plante machinalement entre mes lèvres. Je l'ai à peine allumée qu'un policier m'adresse un signe de dénégation en agitant l'index. Là encore, je paie sans protester.

À plusieurs reprises, je remarque que des passants ou des habitués stationnant devant des bars, des restaurants échangent en français, puis je finis par m'apercevoir que les enseignes de nombreux commerces de Bangla Road portent des noms familiers. Des boîtes, des coiffeurs, baptisés Aux Quatre Routes, Le Galion, La Rose des Vents, Le Montfort, jouxtent des cabarets appelés Le Garden, La Mamounia ou des bars à chicha tenus par des types qui s'interpellent en verlan. Les échoppes de kebabs, de sandwichs à la parisienne, certifient toutes la traçabilité halal des produits proposés. Le néon bleu du Seth Gueko, un bar lounge hip-hop gorgé de musique, clignote à une dizaine de mètres. C'est là que le consul m'a dit que je pourrais rencontrer Branis. Je longe la salle étroite constellée d'écrans jusqu'au bar, au milieu de filles qui dansent sur le standard du patron, un ancien chanteur de rap tatoué de la tête aux pieds et reconverti dans la limonade :

Viens en couple ou en grosse équipe
Le son est thug mais c'est pas bordélique
Nouveau bar avec ventilo et la clim
J'suis tranquillou avec Lacrim
Jason Voriz aux platines
Ici les filles travaillent on dit surtout pas qu'elles tapinent
Fais péter la cloche
Fais péter la cloche
J'aime entendre quand la grosse cloche sonne
Y a de la biatch et de la grosse cochonne

Je laisse le temps au barman d'arroser de gin une vingtaine de verres de cocktails serrés sur un plateau.

— Vous savez si Branis est dans le coin ?

Il me regarde de manière insistante.

— Ça dépend. Qui le demande ?

— Un ami de Rayan. J'arrive de Paris, spécialement…

Il agrippe le plateau chargé pour le porter à hauteur de ses épaules, faisant jouer une musculature impeccable.

— Vous êtes flic ?

— Pas vraiment : je suis vétérinaire… Et je viens de vous dire que j'étais un ami de Rayan. Vous croyez qu'il avait des amis dans la police ?

La repartie l'amuse, elle a le don de le détendre.

— Il ne sera pas là avant deux heures du mat'. Si c'est pour une urgence, il fait un extra à La Tentation, une boîte un peu plus haut, à deux cents mètres sur la droite.

La foule qui déambule sur la chaussée de Bangla Road ne cesse de grossir au point qu'il me faut piétiner un bon quart d'heure au milieu d'une masse compacte de fêtards pour atteindre La Tentation dont la part de ciel de nuit est balayée par de puissants lasers. Le physionomiste épais planté à l'entrée m'écoute poser ma question sans qu'aucun muscle de son visage ne bouge, son regard vide posé sur moi. Ses paupières s'abaissent enfin pour me signifier que ma demande est en bonne voie, puis ses lèvres s'agitent devant le minuscule microphone relié à son oreille droite par un fil blanc.

— Salut, Ramzi… J'ai un Erik Ketezer devant moi qui se présente comme le beau-frère de

Rayan… Oui, celui de Ko Phi Phi… Il vient voir Branis. Il a l'air clean. Je le laisse passer ?

La réponse se fait attendre une bonne minute. Le vigile pose sa lourde patte sur mon épaule.

— Restez là, il va descendre.

Rapidement l'ami de Rayan s'approche de moi pour une poignée de main chaleureuse. Pas bien grand, tout en muscles, il doit avoir une bonne trentaine d'années et exhibe des tatouages maoris sur les avant-bras. Il m'accorde sa confiance dès qu'il apprend que je suis mandaté par la famille pour le rapatriement du corps. Il renforce l'équipe de protection habituelle de Nakadia, une star thaïlandaise de la musique électronique qui doit se produire en fin de nuit sur les synthétiseurs, les platines et les séquenceurs de La Tentation.

— Elle n'arrivera pas avant une heure du matin et ça va être l'émeute, comme d'habitude. On a le temps de discuter une petite demi-heure. Il faut juste que je prévienne la direction, qu'on sache où je suis. Ça vous va ?

Il me désigne une table, un peu à l'écart des écrans criards aux enceintes saturées par les basses, et je jette un œil à la carte en attendant son retour. Si les consommations de base démarrent à une dizaine d'euros, les bouteilles de Chivas tapent la barre des cent cinquante quand certaines marques de vodka à la mode font exploser celle des cinq cents euros.

Il revient dix minutes plus tard, s'assoit face à moi.

— Qu'est-ce que vous prendrez ?

— Une bière. On va éviter la vodka… Qui est-ce qui peut se payer des tournées à ce prix ? Il y a des amateurs ?

Branis hausse les épaules.

— Plus qu'on ne croit. Des types de la pub, de la télévision, des traders qui viennent s'éclater à Patong pendant une semaine pour évacuer le stress. Des gens du bizness aussi. Tous ceux pour qui les billets de banque se ramassent sur des tapis de Monopoly. Ce n'est pas partout pareil à Phuket. Ici, à La Tentation, ça cartonne vraiment : certaines nuits, chacune des quatre tables de ce périmètre peut rapporter vingt mille euros…

Après le passage du barman, je lui raconte ma rencontre avec la famille de Sylvia, en faisant l'impasse sur la manière dont le sort s'est acharné sur elle. Il se livre à son tour aux confidences. En fait, il n'est pas originaire de Courvilliers comme je me l'étais imaginé, mais des quartiers nord de Marseille, autre lieu d'assignation dont il a totalement gommé l'accent. Sa route a croisé celle de Rayan au Vanuatu, dans un café du port de Luganville, sur l'île d'Espiritu Santo, où il venait de monter une société touristique spécialisée dans la plongée au milieu des vestiges des combats de la guerre du Pacifique.

— On a là-bas des spots parmi les plus spectaculaires au monde. Million Dollar Point, par exemple, où l'armée américaine a immergé des centaines de chars, d'hélicoptères, de canons, de camions pour ne pas avoir à les réembarquer en Amérique après les bombes atomiques sur le Japon. Et un paquebot de luxe de deux cents mètres de long transformé en transport de troupes, le *President Coolidge*, qui a sauté sur une mine américaine en 1942 dans le chenal de Luganville à quelques centaines de mètres du port ! Le spectacle est tellement prodigieux qu'il tourne la tête des plongeurs. Les types deviennent fous, ils font n'importe quoi, et il faut un encadrement de premier ordre pour éviter les ennuis. Le fait de tomber sur Rayan a été une aubaine pour moi et je crois que ça a été réciproque. On a fait équipe pendant un peu plus d'un an, puis j'ai été victime d'un accident de décompression en dehors du boulot. J'ai loupé un palier. Le noir complet. Je me suis retrouvé dans un sas pendant une semaine pour éliminer les bulles de gaz en embuscade dans mes artères… Rayan a décidé de repartir pour la Thaïlande. J'ai liquidé ma boîte, et une fois sorti d'affaire je l'ai suivi jusqu'ici… Je bosse dans la sécurité, l'escorte de personnalités. À côté, pour le fun, je donne des cours de boxe thaïe.

Un groupe d'une dizaine d'individus est venu prendre place autour d'une grande table ronde, à notre droite. Deux d'entre eux ont fait un crochet par notre recoin pour saluer Branis. Je me penche vers lui alors qu'ils s'éloignent.

— Je me demande si je ne connais pas le grand sec avec la barbe de trois jours… Je suis presque sûr qu'il était quelque chose en banlieue nord… Peut-être même à Courvilliers… Un nom d'origine italienne. Ça va me revenir…

Il a attendu pour me répondre que le barman soit passé devant nous avec son plateau chargé d'une bouteille de Chivas, une autre de vodka fichée dans un seau de glace. Il se déleste des commandes des nouveaux arrivants.

— C'est peut-être un sosie… Il bosse dans une mairie ou pour une mairie, c'est tout ce que je sais… Ici, moins on pose de questions, mieux on se porte.

J'ai bien conscience que la réflexion me concerne, et je choisis de rester silencieux quelques instants en sirotant ma bière le temps de dissiper le malentendu. Le nom du barbu en profite pour se frayer un chemin dans ma mémoire. Topolino… Gérard Topolino… adjoint au maire de Courvilliers. Je suis même pratiquement certain qu'il a eu une liaison pendant quelques mois, dix ans plus tôt, avec Loubna, la demi-sœur de Sylvia maintenant installée à Montréal. Je garde l'information pour moi.

— Vous les connaissez les jeunes qui ont été arrêtés par la police pour le meurtre de Rayan ?

— Oui bien sûr, ce sont des copains. L'un des deux, Dokmaï, venait dans ma salle une fois par semaine. Il se débrouille vraiment bien. Je l'entraînais en vue d'un championnat régional. L'autre, Phaibun, donnait un coup de main au service et à la plonge dans le restaurant des parents de Kalaya…

La manière dont il parle d'un des assassins de son ami, vantant ses dispositions en matière de boxe thaïe, me semble curieuse.

— Qu'est-ce qui les a amenés à faire une chose pareille ? L'emplacement de l'épave du navire hollandais de la Compagnie des Indes orientales ?

Il agite la tête de droite à gauche, un sourire aux lèvres.

— Cette histoire de trésor, c'est un tissu de conneries. Tous les plongeurs professionnels, moi comme Rayan, rêvent de ramener un coffre rempli à ras bord d'émeraudes, de rubis, de diamants, de pièces d'or ! On passe des soirées entières à divaguer sur les centaines de millions de dollars engloutis lors de la débâcle du *Soleil d'Orient*, un naufrage surnommé le *Titanic* du Siam, alors qu'on sait aujourd'hui que ses cales ne renfermaient que des produits et des raretés de la région destinés à Louis XIV. Des merveilles, il y en a, bien sûr, mais elles sont inaccessibles. Elles gisent sur les hauts-fonds, à des centaines de mètres de profondeur, d'autres à des kilomètres. Vous croyez qu'on est équipés pour seulement entreprendre des sondages ? Il faut être financés, soutenus par des mécènes et avoir les autorisations de mener des recherches avec des sous-marins de poche, des robots… Ce sont les flics du coin qui ont inventé cette légende, en s'appuyant sur le fait que beaucoup de monde, ici, avait entendu les délires de Rayan à une terrasse de café…

— Pourquoi ont-ils fait une chose pareille ? Ils avaient envie de les coincer pour une autre affaire ?

La salle se remplit à vue d'œil, et plusieurs personnes se sont déplacées pour venir serrer la main de Branis et saluer par la même occasion les occupants de la grande table sur laquelle le barman vient d'apporter une deuxième bouteille de vodka. Trois ou quatre visages ne me sont pas inconnus, probablement croisés à Courvilliers, au cours de ma vie d'avant, alors qu'ils affichaient encore le masque de l'innocence et de l'adolescence.

— La police de Phuket est accusée en permanence de toucher des commissions, de protéger les malfrats. Ces derniers mois, en plus, elle a commis une série de bavures à l'encontre d'étrangers. Ses hommes sont allés jusqu'à inverser des cadavres à la morgue ! Un de leurs gros bonnets a dû sauter sur l'occasion pour effacer l'ardoise en inculpant deux jeunes marginaux nés sur le territoire. Ils gèrent le temps médiatique. À mon avis, ils vont les garder au chaud pendant trois ou quatre semaines, le temps qu'un autre fait-divers prenne le relais, qu'on ait oublié le meurtre de Rayan, puis on les remettra en liberté sans faire de bruit. Je vais devoir y aller : Nakadia s'apprête à quitter son hôtel et dans un quart d'heure ça va être l'émeute.

Avant de nous séparer, Branis me donne son numéro de téléphone afin que je lui fournisse toutes les précisions utiles pour qu'il envoie des fleurs lors de l'enterrement de notre ami commun. Des centaines de fans de la DJ techno font maintenant le siège de La Tentation. Il faut que je progresse à contre-courant pour atteindre Bangla Road après avoir pianoté l'adresse du restaurant des parents de Kalaya sur l'application « Itinéraire » de mon smartphone. L'établissement se trouve un peu à l'écart du tumulte, sur Soi Sansarai, près du centre commercial Jungceylon, coincé entre un Burger King et une boutique de change. Son enseigne est à moitié cachée par une infinité de fils électriques tendus entre deux poteaux de bois. Une douzaine de personnes mangent en regardant la retransmission d'un combat de boxe sur les écrans accrochés à chacun des murs. L'anglais de la femme qui m'accueille est aussi approximatif que le mien, mais elle finit par comprendre que la raison de ma venue n'est pas spécialement gastronomique. Elle disparaît vers la cuisine pour revenir en compagnie d'une jeune fille d'une vingtaine d'années qui maîtrise les bases du français et qui me confie être la sœur cadette de Kalaya. Elles insistent pour que je m'installe à une table rapidement recouverte d'une bouteille de Chang, d'une soupe aux crevettes, d'une salade épicée et d'un plat à base de poulet grillé. Je leur explique qui je suis, les liens qui m'unissent à Rayan ainsi qu'à sa famille, la mission pénible qui m'est dévolue. De leur côté, c'est le silence, elles ne livrent rien à part les plats qui continuent à s'accumuler devant moi. Je ne parviens pas à savoir si le manque de réaction de mes interlocutrices à mes propos et la distance que je ressens malgré la chaleur apparente de l'accueil sont induits par le côté laborieux de la traduction ou si leur attitude est plus déterminée. Pour en avoir le cœur net, je me décide à poser la question qui me brûle les lèvres depuis mon arrivée.

— L'un des deux suspects arrêtés par la police, Phaibun, travaillait ici, avec vous. Vous aviez des soupçons à son égard, vous croyez qu'il est coupable ?

La mère accuse le coup, se cache le visage dans ses mains avant de partir à petits pas rapides vers l'arrière-salle.

— Qu'est-ce que j'ai dit…

— Vous ne pouviez pas savoir : Phaibun n'est pas seulement un employé du restaurant, c'est surtout mon fiancé. Le malheur est sur cette maison. Nous avons perdu ma sœur, mon père, puis Rayan… Et aujourd'hui Phaibun est en prison pour une chose à laquelle il n'a jamais pensé, qu'il n'a jamais faite. Rayan était son ami, on est de la même famille, unis par le souvenir éternel de Kalaya. Il me confie tout, je sais tout de sa vie. S'il y avait eu un trésor dans une épave d'un navire de la Compagnie des Indes, comme le prétend la police, il me l'aurait dit. Ce n'est pas ça qu'ils cherchaient…

— C'est quoi alors ?

Elle jette un regard vers sa mère, lui fait signe de ne pas s'approcher, de rester à sa place.

— On en a discuté dix fois avec Phaibun, sans résultat. Il sait que je ne suis pas d'accord mais il n'en fait qu'à sa tête. Il raisonne de manière bizarre. Pour lui, ce que la nature nous a pris, il est normal qu'elle nous le rende sous une autre forme… La vague géante qui a tout englouti est toujours là, autour de nous, c'est la même eau dans laquelle nous pêchons les poissons, nous nous baignons. Il faut profiter de son calme, de sa bonne humeur, pour reprendre ce qu'elle nous a volé de plus précieux, à part bien sûr la vie des nôtres. C'est comme ça qu'il pense… Pas moi…

Je commence à deviner vers où ses confidences la mènent, mais j'ai besoin de les entendre jusqu'à leur terme.

— Le tsunami a détruit des villes entières, il a emporté des dizaines de milliers de voitures, des milliers de bateaux… Une grande partie de tout ce qui faisait notre vie est maintenant au fond de l'océan jusqu'à la fin du monde. En plongeant dans la mangrove, sur la côte est, Rayan s'est aperçu qu'à plusieurs endroits les racines sous-marines des palétuviers avaient retenu des débris assez importants. Il y a un mois, ils ont remonté un petit coffre qui venait de la cabine d'un yacht… Avec un peu d'argent américain à l'intérieur. Deux mille dollars. Ils voulaient explorer toute la côte, sur des dizaines de kilomètres… C'était ça leur trésor…

CHAPITRE 4

J'émerge avec difficulté d'un sommeil comateux peu après dix heures du matin, alors que le ferry sur lequel je compte rallier l'archipel de Ko Phi Phi a levé l'ancre une heure plus tôt. Je me contente d'avaler deux expressos avant de filer vers le quai d'embarquement des *speedboats* de la compagnie Phuket Adventure qui, d'après l'employé débrouillard de la réception du Banyan Tree, mettent moitié moins de temps que les lignes régulières pour effectuer la traversée. Le hors-bord décolle en rugissant dès que je m'installe dans l'alvéole plastifiée où se blottissent déjà deux couples d'amoureux. Rapidement lassé de leurs exercices de succion matinaux, je me tourne vers le paysage sublime pour réfléchir à tout ce que j'ai entendu la veille à Patong. Bien que j'aie du mal à l'imaginer dans ce rôle cynique de naufrageur, le trio que Rayan a formé avec Dokmaï et Phaibun ratissait bien le maillage de rhizomes le long des côtes, à la recherche des butins dispersés par le tsunami. Si cela se confirmait, on n'était plus dans le huis clos de la petite bande où l'un des associés tente de s'accaparer la carte du trésor. Le spectre s'élargissait. On pouvait échafauder d'autres hypothèses, comme celle de pêcheurs surprenant le manège des plongeurs ou encore celle d'héritiers des valeurs englouties, prévenus de leur réapparition, et prêts à tout pour les récupérer.

Je débarque sur l'île une demi-heure après le départ, comme promis, au milieu de centaines de touristes qui font la queue devant les *taxi boats* des agences de voyages. Les groupes sont triés à la volée par des animateurs dont certains se contorsionnent, déguisés en personnages de Disney. D'autres aventuriers du bout du monde prennent d'assaut les gargotes, les vendeurs de boissons fraîches, avant de se diriger vers les plages mythiques de Ko Phi Phi Don. L'application, sur mon écran, indique que l'emplacement de la maison de Rayan se situe à une douzaine de minutes de marche, vers l'ouest. Il me faut traverser une plage noire de monde, recouverte de matelas en mousse sur lesquels des night-clubbers se remettent de leurs émotions en tirant sur les bouts ouvragés des chichas, bercés par de la techno diffusée à plein volume. Des jongleurs, des cracheurs de feu leur soutirent quelques pièces entre deux plongeons dans les eaux tièdes du lagon. Je longe les alignements de chambres de l'hôtel Maiyada, jusqu'à ce que le guidage par satellite ne s'arrête brusquement en lisière de forêt, pointant l'emplacement de la maison au milieu de la masse des arbres. Je reviens sur mes pas, une fois, réessaie, pour finir par trouver un sentier obscur où les cocotiers, les orchidées, les piments émergent d'un fouillis de lianes. Je le prends sans trop de conviction, constatant pourtant que chaque pas dans cette jungle me rapproche de la flèche, sur l'écran. Après dix minutes de marche et l'ascension d'une colline, entouré par des nuées d'insectes, je me retrouve enfin sur la pointe du signe, découvrant une maison basse, entièrement faite en bois, dont la terrasse est tournée vers l'anse de Monkey Beach. Je dévale la pente sableuse. La porte est grande ouverte, des objets divers jonchent le jardin, et la bande de plastique jaune qui accompagne les scellés gît au sol, serpent dérisoire agité par la brise. J'escalade les rondins qui servent de marches pour entrer dans une vaste pièce inondée de lumière qui semble avoir subi les attaques d'un cyclone. Tables et chaises renversées, vaisselle brisée, bibliothèque vidée, livres piétinés, portes des armoires et des placards dégondées, murs souillés par des projections de ketchup, de moutarde, bouillie d'aliments écrasés. Tout ce qui peut avoir la moindre valeur a été emporté comme en témoignent les prises arrachées où devaient avoir été raccordés un réfrigérateur, une télévision, une chaîne HI-FI…

Je m'accroupis pour extirper un paquet de photos du désastre. On y voit un Rayan souriant à la vie, assis à l'avant d'un bateau, auréolé d'une chevelure blonde peignée à l'afro, se préparant à sauter à l'eau dans son équipement autonome lesté de bouteilles, brandissant une langouste de deux kilos, dansant sur la piste d'une boîte, au volant d'une décapotable sur une route australienne, embrassant une superbe Thaïe... Je suis présent sur un autre cliché recouvert de confiture, serrant contre moi une Sylvia rayonnante. Il me faut près d'une minute pour me souvenir de l'endroit et du moment où la prise de vue a eu lieu. J'y parviens grâce à une affiche placardée derrière notre couple, celle du film *Blanche* de Walerian Borowczyk, l'histoire d'une femme acculée au suicide dans la prison sans murs construite par le désir des hommes. Nous l'avions vu lors d'une nuit du cinéma érotique organisée dans une salle de Bry-sur-Marne, près de Noisy-le-Grand où avait longtemps habité Michel Simon. Il y jouait d'ailleurs le rôle d'un vieux seigneur marié à une jeune beauté, Ligia Branice. Un autre cliché montre Rayan entouré d'un groupe de fêtards brandissant des verres d'alcool dans une boîte que rien ne permet d'identifier. Je prends tout en photo à l'aide de mon téléphone. Un petit coffre éventré, que la police semble avoir dédaigné, a fracassé la glace de la salle de bains avant de finir sa course dans la baignoire. En me retournant pour passer dans la chambre, je tombe nez à nez avec un Thaï bien en muscles, habillé d'un short imprimé, chaussé de claquettes, et qui soupèse une batte de base-ball entre ses mains. Son regard est tout sauf amical. Je prends les devants en lui tendant la photo où je figure.

— Elle était par terre avec les autres... Je suis dessus avec la sœur de Rayan. Regardez... On se connaissait bien. Je voulais juste voir où il vivait avant de rentrer en France...

Il me prend le cliché des mains, le regarde avant de me dévisager et de me répondre en français.

— Vous prenez des risques... Ce n'est pas prudent d'entrer comme ça sans prévenir... Hier, j'en ai coursé deux qui partaient avec le ventilateur sur pied du salon. Au lieu de ça, ils ont pris du bois... Je n'en suis pas avare... Vous êtes en contact avec la famille, je suppose...

— Oui, pourquoi ?

— Les flics pensent qu'il suffit d'accrocher une bande de plastique entre deux arbres pour que la loi soit respectée ! Dès qu'ils ont eu le dos tourné, ça a été le défilé. J'ai mis le maximum de ce que je pouvais à l'abri, dans mon garage, derrière le Maiyada... Je m'occupe des pelouses, du jardin de l'hôtel. J'ai fait ça pour eux, pour la famille. Ils pourront tout récupérer quand ils voudront, c'est à leur disposition.

Je le suis jusqu'au petit hangar adossé à sa maison pour jeter un œil à ce qui reste des meubles de Rayan, puis il m'invite à boire une bière à l'ombre d'une tonnelle qui embaume la fleur de frangipanier. La confiance s'établit définitivement lorsque je lui fais lire, sur mon smartphone, les échanges de courrier avec Loubna et qu'il comprend que je vais repartir vers l'Europe avec le corps de son voisin. Il esquisse un sourire d'enfant quand je lui fais des compliments sur sa maîtrise de la langue française.

— J'ai travaillé pendant trois ans pour une compagnie maritime de Marseille, et dix ans dans le pétrole, à Fos-sur-Mer. J'aimais bien la France, mais je suis né ici. L'île me manquait trop…

Lui non plus ne croit pas à l'implication des deux jeunes Thaïs dans le meurtre de Rayan. Il a croisé l'équipe des trois plongeurs le jour du drame, et se souvient de leur habituelle complicité. Il est certain que Phaibun et Dokmaï sont repartis avant la tombée de la nuit, toujours d'aussi bonne humeur, pour rejoindre Phuket à bord de leur embarcation.

— Je l'ai dit aux enquêteurs. Le problème, c'est qu'ils n'ont croisé personne d'autre sur leur chemin. Ni ici, ni à leur arrivée à Phuket. Le corps a été découvert le lendemain en milieu de matinée par une employée de l'hôtel qui fait le ménage dans la villa une fois par semaine. D'après les constatations du médecin légiste, la mort remontait à moins de douze heures… Normalement, s'ils avaient déchargé deux coups de revolver, j'aurais entendu les détonations, et les oiseaux se seraient envolés par centaines. Mais comme la nuit, pour dormir, je prends des pilules : il aurait fallu qu'ils tirent au canon pour me réveiller…

— Rayan, vous savez, je me rends compte que je le connaissais sans le connaître… Adolescent, oui, mais pas après. Des années qu'il sillonnait les océans sans envoyer de nouvelles à sa famille, à ses amis… Il recevait beaucoup ? Il avait une copine ?

Un chat vaguement persan saute sur ses genoux à la recherche de caresses.

— Oui, il avait une copine, mais depuis le tsunami ce n'était jamais la même. À Phuket, tout le monde a un problème avec le sexe : il y en a trop, c'est l'overdose, il est partout. Sinon, il aimait bien inviter les gens de sa ville natale, de son département, qui venaient une ou deux semaines dans le secteur pour les vacances ou le travail. Il me demandait de venir, à l'occasion. Je restais un petit moment, par politesse, le temps de manger une brochette, un poisson grillé et de boire un verre. La dernière fois, c'était deux jours avant sa mort.

Je lui demande de me décrire les convives qui participaient à cette soirée sur la photo. Je reconnais plusieurs de ceux qui faisaient une grande consommation de vodka à La Tentation tandis que je discutais avec Branis. Je le salue vers six heures du soir après avoir reçu un message m'avertissant que le *speedboat* doit impérativement quitter l'embarcadère trente minutes plus tard.

Le lendemain à six heures, alors que les derniers fêtards rejoignent leur hôtel au radar, la voiture du consulat m'attend devant la réception du Banyan Tree. L'avion ne décolle que quatre heures plus tard, mais j'ai été averti que les formalités risquaient de se prolonger, qu'il fallait prendre de la marge. Le temps m'est compté, d'autant que je dois faire un passage par la morgue de l'hôpital pour assister à la fermeture d'un cercueil spécialement conçu pour les vols en haute altitude, une boîte scellée et munie d'un dispositif de filtre en cas de dépressurisation de l'appareil. Le consul est présent dans la chambre réfrigérée quand les employés transfèrent le corps de Rayan dans le compartiment capitonné. Il m'assiste pour la signature des documents administratifs pratiquement tous rédigés dans l'alphabet local, puis nous repartons en cortège vers l'aéroport, derrière le corbillard. Là encore, il me faut être présent pour le transfert du cercueil dans l'avion. Puis, devant un dernier café au bar du Bill Bentley, je fais part au consul des doutes de plusieurs de mes interlocuteurs quant à l'implication des deux amis de Rayan dans son meurtre, de la piste qui se dessine, balisée par la récupération macabre des valeurs dispersées par le tsunami, du coffre éventré aperçu dans la villa dévastée de Ko Phi Phi.

— Oui, j'ai entendu parler de cette hypothèse, mais je n'y crois pas beaucoup. Le raz-de-marée date de treize ans... Treize ans ! S'il y avait des choses à récupérer dans la mangrove, ça fait longtemps que quelqu'un les aurait ramassées sans attendre que Rayan monte son opération...

Je prends mes précautions en faisant le plein de nicotine dans l'espace réservé aux intoxiqués, avant d'aller m'enfermer dans la carlingue jusqu'à l'escale de Dubai. Je marche du pas pesant des condamnés, tout en me faisant la réflexion que le consul préférait croire que Rayan dédaignait des trésors vieux de treize ans, mais qu'il s'était lancé à la recherche d'autres merveilles accusant pas loin de cinq siècles.

À ma descente d'avion, à Roissy, je suis directement transféré vers le pavillon de réception où se trouvent déjà Sakina et Loubna. Si je reconnais sans problème cette dernière, j'ai besoin d'interroger les traits de sa mère pour y déceler le souvenir de celle que j'ai si souvent rencontrée des années plus tôt. La flamme s'est éteinte dans son regard, et ses yeux sont comme perdus dans la masse des chairs boursouflées. Elle se contente d'ouvrir les bras en me voyant, incapable de se lever de son fauteuil, et je m'incline pour embrasser ses joues humides, avant que Loubna ne pose sa tête contre mon épaule pour masquer ses sanglots. Ma main s'est machinalement posée sur ses cheveux, pour la consoler.

— Je croyais que tu ne pouvais pas venir, que tu devais rester à Montréal... Tes enfants sont là, eux aussi ?

Elle inspire profondément pour reprendre le contrôle de sa respiration.

— Non... Je ne suis ici que pour trois jours, le temps de... J'ai pu m'arranger, pour le travail. Les petits, c'est une amie qui s'en occupe.

Un homme en complet gris s'approche de nous en toussant avec insistance pour attirer notre attention. Il se présente comme le responsable de l'entreprise de pompes funèbres chargée des obsèques de Rayan. L'inhumation dans le caveau familial, au cimetière de Courvilliers, étant fixée au lendemain en début d'après-midi, je reste dans le pavillon d'accueil le temps que le cercueil soit placé dans le fourgon, puis je préviens Loubna que je dois impérativement retourner m'occuper de mon cabinet, à Portejoie. Une heure et demie après avoir récupéré ma voiture au parking, je me gare devant les fenêtres peintes en vert Billancourt de l'ancien pavillon de la ferme modèle de Louis Renault. François sort sur le perron pour venir à ma rencontre. Je l'apostrophe.

— Alors, tout s'est bien passé ?

— Oui, pas de gros problèmes à part la vache de la ferme Andrieux, l'armoricaine qu'ils ont fait venir à grands frais, et qui s'est un peu abîmée en vêlant… Heureusement, plus de peur que de mal. Et vous, la Thaïlande, pas trop fatigué ?

— Je n'étais pas encore remis du décalage de l'aller que je suis déjà de retour, en bonne arithmétique ils devraient s'annuler…

Je traverse la salle d'attente occupée par une dizaine de personnes flanquées de leur chien, de leur chat, de leur cage à oiseaux. Je les salue au passage, avant de frapper à la porte du cabinet de consultation où Frédéric, mon remplaçant, recolle la carapace d'une tortue d'Hermann visiblement victime d'un passage de débroussailleuse. Le travail est délicat, et je l'aide à maintenir en tension le cerclage métallique relié à deux vis disposées dans la partie intacte de la protection du reptile.

— Je pensais reprendre demain matin comme prévu, mais ça va être finalement plus compliqué. Je dois y retourner pour assister à l'inhumation…

— Où ça, à Phuket ?

Je me mets à rire, un peu nerveusement.

— Non, la cérémonie se passe à Courvilliers, en Seine-Saint-Denis. Je vais devoir y rester toute la journée. Tu peux revenir ?

— Sans problème, Erik. En ce moment, c'est vraiment calme à Louviers. Sois tranquille. Si tu as besoin de te reposer jusqu'à la fin de la semaine, ça ne me dérange pas.

Une fois dans mon appartement, au deuxième étage, je finis par appeler Élodie dont le message « *On se voit mardi soir comme prévu ? Bises* » s'affiche depuis deux jours sans que j'aie eu le temps ou le courage d'y répondre. Nous nous sommes rencontrés il y a six mois lors de la première d'une pièce roumaine, *L'agence du toucher*, au théâtre L'Étincelle, et c'est certainement le titre qui nous a donné des idées. J'étais incapable de supporter une relation suivie depuis l'internement d'office de Sylvia, et aucune des filles avec qui j'avais noué une relation, depuis sept ans, ne parvenait à le comprendre. À un moment ou à un autre, malgré les mises au point, se posait la question de la vie en commun, de l'avenir à bâtir ensemble, parfois même des enfants. La question seule menait à la rupture. Sans que j'entre dans les détails, Élodie a accepté la règle du jeu, comprenant d'emblée que personne ne peut remplacer l'amour reclus. Elle a été mariée, s'occupe d'un fils lycéen installé au Havre, et nous nous retrouvons une fois par semaine, quelquefois tout un week-end, jamais chez elle, jamais chez moi, fréquentant les restaurants et les hôtels de bord de mer entre Cabourg et Étretat. Elle a un chat aussi, un donskoy sans poils à la peau duveteuse dont je m'occupe beaucoup. Quand je lui annonce que je dois rejoindre Paris dans la matinée, elle me propose de passer la nuit au creux d'une boucle de la Seine, dans la vallée des vergers près des ruines de l'abbaye de Jumièges.

Pendant le repas, tandis que passent les cargos et les navires de croisière faisant la navette entre Le Havre et Rouen, je lui raconte mon voyage éclair à Phuket. Elle lève les yeux au ciel.

— Ce n'est pas la peine d'inventer des histoires aussi farfelues ! Tu m'as laissée poireauter pendant deux jours… Ce n'est pas agréable mais je n'en fais pas une maladie.

J'ai beau lui donner des détails, elle pense que je plaisante, se demandant où je veux en venir, avant de comprendre, à mon insistance et à la gravité de mes propos, que le meurtre du frère de Sylvia est bien réel, que j'étais en Thaïlande alors qu'elle faisait disserter ses élèves sur les écrits de Madame de Lafayette. Et lorsque au moment du dessert je me penche pour lui chuchoter à l'oreille, pour ne pas choquer les convives proches, l'épisode du *ping pong show*, l'influence de la lecture de *La princesse de Clèves* lui souffle cette remarque :

— Je t'imagine bien assis devant la table, à Patong, dans la position qu'affectionnait le duc de Nemours... Celle du voyeur.

Le lendemain, grasse matinée vaguement coupable. Je fais l'impasse sur la levée du corps, au funérarium des Joncherolles, pour me rendre directement à Courvilliers. Arrivé en voiture trois heures avant la cérémonie, je viens me garer près de la poste, puis je traîne dans le quartier du centre, longeant les avenues éventrées par les travaux de prolongation du métro. Le vent pousse des quantités de détritus que retiennent les alignements de chicanes en béton, et il faut traverser les rues au péril de sa vie pour passer du parvis de la mairie à la halle du marché. Des dizaines d'hommes occupent les terrasses du Chat qui Fume et du Émile Zola, buvant leur café par rapides aspirations, insensibles aux vibrations des marteaux piqueurs, aux nuages de poussière soulevés par les camions à benne du chantier. Les bornes d'accès à la zone piétonne sont descellées, les voitures, les scooters zigzaguent entre les passants sous le regard indifférent des patrouilleurs de la police municipale qui discutent, cigarette au bec, appuyés sur la carrosserie de leur véhicule décorée des armes de la ville. Les bâtiments qui abritaient la Bourse du travail et la Fédération du Parti communiste n'existent plus, remplacés par ces ensembles immobiliers résidentialisés qui envahissent toutes les banlieues, grilles ouvragées et digicodes, surfaces commerciales de rez-de-chaussée inoccupées, placoplatre tagué en lieu et place des vitrines achalandées. Remontant la rue autrefois la plus animée du quartier et aujourd'hui jalonnée de coiffeurs, d'agences immobilières, de sandwicheries, de kebabs, d'épiceries exotiques, d'agences de transfert de fonds, de cabines téléphoniques bricolées, je mets plusieurs minutes à prendre conscience de ce qui a changé plus profondément encore que le décor : le délabrement des corps. Sans même m'en rendre compte, je détourne la tête à plusieurs reprises en croisant des hommes, des femmes, qui portent les stigmates de l'exclusion, dents abîmées, cheveux sales, vêtements élimés. Je retiens mon souffle au passage d'une pocharde, une Antillaise massive à dreadlocks, dont le sillage est chargé de relents d'urine, d'excréments. Près du carrefour, des femmes se disant syriennes, les bras encombrés de poupons endormis, tentent d'attirer l'attention des automobilistes blasés en psalmodiant un arabe de cuisine. Une vieille femme allongée sur le trottoir, les jambes osseuses et bleuies, pousse des râles à l'approche des passants, provoquant plus de répulsion que de pitié. Un peu plus loin un père de famille, la panse tendant à l'extrême un polo décousu, pousse d'une main un caddy rempli de débris métalliques tout en léchant une glace vanille à l'italienne. Au moment où je commence à désespérer de trouver un éclat de beauté dans tout ce qui m'entoure, le regard d'une jeune femme à la chevelure confisquée par un tissu soyeux bleu azur s'accroche au mien. Nous échangeons un sourire triste, étonnés de faire le même constat. Je traverse le chantier dans l'autre sens, me faufilant au milieu des voitures imbriquées, pour aller manger un morceau sous les tentures de l'une des brasseries installées sur la place de l'hôtel de ville. Trois types au bout du rouleau assis sur les marches de l'église boivent leur vin à même le goulot, subissant les invectives d'un quatrième tout aussi amoché mais qui n'a apparemment pas droit à sa rasade. Plusieurs familles roms, toutes générations confondues, occupent la margelle circulaire de l'imposante fontaine posée au milieu de l'esplanade, se rassasiant de morceaux de poulet grillé, ailes, cuisses, pilons, filets, qu'une matrone arrache à pleines mains à la carcasse. Près des arrêts de bus provisoires, on peut acheter des brochettes, du maïs, que des exilés pakistanais font cuire sur des braseros de fortune.

Le temps d'ingurgiter l'appétissante salade niçoise du Café des Vertus, pas moins de trois personnes se sont approchées de mon coin de table pour faire appel à ma générosité, aussitôt éloignées par un serveur excédé.

Je prends le temps de fumer une cigarette en consultant mes messages, avant de remonter la rue des Minotiers orpheline de ses boucheries, de ses charcuteries, et surtout de la pâtisserie Loucheron dont la réputation attirait la clientèle des gourmands des villes voisines, Saint-Denis,

La Courneuve ou Pantin. Seule une librairie à l'enseigne Bel-Ami, que jouxtent une onglerie chinoise et une énième boîte de téléphonie, semble résister à la vague qui, en moins d'une décennie, a tout emporté de l'ancien village. Le square Lucien-Beige, un raccourci engazonné qui permet de faire l'économie du contournement des cités, a l'air d'avoir été frappé par le même mal que celui auquel je suis confronté depuis mon arrivée. Des centaines de canettes vides, de bouteilles, d'emballages de hamburgers et de pizzas jonchent les espaces verts délaissés, envahis par les mauvaises herbes, labourés par les pneus des quads. Au bas des quatre tours de vingt étages plantées en lisière s'amoncellent les détritus jetés depuis les fenêtres des appartements. Devant le commissariat gardé par trois militaires armés de mitraillettes et revêtus de gilets pare-balles, des types font des roues arrière, tête nue, juchés sur leurs motos pétaradantes, pour épater les gamines du lycée professionnel qui retournent en cours.

CHAPITRE 5

L'allée menant au cimetière est coincée entre deux blocs de logements sociaux aux façades recouvertes d'un crépi rose chewing-gum qui a valu à la cité, dès sa construction, le surnom de Barbapapa. Une cinquantaine de personnes se sont assemblées sur la place pavée d'où partent en étoile les allées bordées de sépultures. Plus loin, le drapeau tricolore flotte au-dessus du monument aux morts et du carré des fusillés. Loubna s'est détachée du groupe dès qu'elle m'a aperçu. Nous nous sommes longuement étreints, sans un mot, puis elle m'a conduit vers Sakina soutenue par deux jeunes gens habillés de noir dont la gravité des traits est accentuée par leur crâne rasé. Je l'embrasse.

— Ça va aller ? Il faut tenir le coup…

Elle me répond d'un mouvement des paupières tout en prenant mes mains dans les siennes.

— C'est le deuxième enfant que je porte en terre… Il n'y a rien de pire pour une mère que d'être précédée par ceux qu'elle a mis au monde. D'abord Zohra… Une maladie qu'on ne pouvait pas soigner, à l'époque. Et maintenant Rayan… J'ai aussi perdu ma fille aînée, Sylvia, qui est enfermée à jamais dans son monde. Il ne me reste que Loubna, mais elle va repartir dès demain à l'autre bout de la planète, et toi, Erik, même si tu m'as beaucoup manqué tout au long de ces dernières années… Merci pour ce que tu as fait en mémoire de Rayan…

— Vous n'avez pas à me remercier Sakina ; pour moi, il était comme un petit frère. Tout ce que je souhaite, c'est qu'on sache rapidement qui a fait ça et pour quelle raison. Il n'y a rien de pire que l'ignorance…

Plusieurs personnes se déplacent pour venir me saluer, d'anciennes connaissances dont j'ai du mal à me remémorer le nom, tandis que le cortège commence à se former derrière le corbillard qui manœuvre pour se diriger vers le caveau familial. Je suis le mouvement, marchant tête baissée, n'émergeant de mes sombres pensées que pour lire les noms gravés dans la pierre, à droite, à gauche. L'histoire de la ville est là par strates. Les vieilles familles maraîchères près de l'entrée, les de Herse, les Merlan, les Montfort, les Mazurier, les Rouillon, puis viennent les capitaines d'industrie qui ont fait fortune sur la peine de la multitude, les Crabot, les Babkert, les Desmet, les Delagrange, arrivent ensuite les Italiens et les Espagnols, les Ponti, les Rossi, les Pena, les Martinez ou les Zavatero, tous portés par les vagues d'exil, échoués en masse sur les berges du canal Saint-Denis, tout comme les Slimani, les Bouziane, les Abdaoui qui ont fait de Courvilliers une cité peuplée d'autant de Kabyles que Béjaïa. Quelques étoiles de David rappellent les heures sombres au cours desquelles des dizaines d'habitants de la ville ont payé de leur vie le simple fait d'être nés. Sous l'ombre mouvante du drapeau, c'est la litanie des guerres, la Grande, la Seconde, les lointaines batailles menées à reculons dans ce qui fut un empire. Plus loin, dans la partie la plus récente du cimetière, des caractères chinois s'inscrivent dans le marbre, les Wang, les Chang, venus de leur province du Zhejiang pour suer, trimer, entreprendre, redonner du lustre aux friches industrielles si longtemps abandonnées à la rouille, aux buddleias.

Le fourgon aux vitres obscurcies amorce son dernier virage quand mes yeux se fixent sur le nom Ochaulla sur la chapelle orgueilleuse édifiée à l'angle. La liste des défunts comprend une dizaine de noms dont le dernier, Fabrice Ochaulla, est suivi de deux dates, 1929-2010. Loubna, qui regardait dans la même direction, a brusquement tourné la tête pour masquer son trouble, mais je comprends que tout remonte à la surface, comme pour moi.

L'incident qui a déclenché l'hospitalisation de Sylvia s'est déroulé à cet endroit précis, sept ans plus tôt, sur cette pierre tombale posée près de la chapelle de la famille Ochaulla et où, la veille, ce Fabrice avait été inhumé. Un gardien, intrigué par le curieux comportement d'une jeune femme, l'avait discrètement suivie. Il l'avait surprise alors qu'elle montait sur le tombeau fraîchement refermé pour y faire ses besoins. Il avait fixé la scène pour l'éternité, sur son portable, et la police n'avait eu aucune difficulté à remonter jusqu'à Sylvia qui s'était refusée à expliquer son geste. C'est cette profanation sans raison qui avait conduit Loubna, Rayan et leur mère Sakina à signer la demande d'internement d'office de celle qui partageait alors ma vie. Avant que les portes de l'asile ne se referment sur elle, j'avais tenté de lui faire dire pourquoi elle en voulait à ce Fabrice Ochaulla au point de l'humilier par-delà sa mort, mais la flamme qui avait longtemps brillé si puissamment dans ses pupilles s'était déjà éteinte.

Nous parcourons sans un mot la trentaine de mètres qui nous séparent du caveau ouvert, l'œil fixé sur le bout de nos chaussures, tandis que les porteurs sortent le cercueil du fourgon pour l'installer sur des tréteaux. Avec Loubna, nous aidons Sakina à s'asseoir sur une chaise disposée près du corps de son fils.

— Avec tout ce qui m'arrive, je n'ai pas pensé à te le demander, Erik, mais ce serait bien si tu pouvais dire quelques mots à propos de Rayan… Ça ne t'embête pas ?

Je me suis approché du modeste catafalque, la tête encore pleine du souvenir des excès de Sylvia, face au demi-cercle formé par la foule des parents et des amis. Je les ai observés pendant presque une minute, retrouvant dans les traits de certains le chemin du souvenir. Je les revoyais dix, quinze ans plus tôt, un sourire perpétuel accroché aux lèvres, la bouche gourmande prête à dévorer le monde, les yeux écarquillés sur les merveilles qu'ils pensaient être à leur portée. J'ai tout d'abord reconnu Messaoud au premier rang, la minuscule tache rouge de la Légion d'honneur au revers du veston, Thomas un peu en retrait, Hocine, la casquette d'Apache vissée sur le crâne, Rachid filmant la cérémonie avec son téléphone portable, et c'est cela que je me suis mis à évoquer, leur compagnonnage avec le disparu. J'ai parlé de la cité labyrinthe dans laquelle ils avaient tous grandi, de la Ville lumière si proche et toujours éteinte pour eux, du parcours scolaire organisé à la manière d'une course d'obstacles, du lycée professionnel en embuscade, et surtout des aiguillages que l'on force par la magie d'une rencontre alors que l'on croyait que tout était verrouillé, étanche. L'atelier d'un sculpteur ouvert à tout vent, une jeune modèle japonaise pour laquelle on apprend les rudiments de sa langue en captant les ondes venues de Tokyo, un professeur de français féru de théâtre qui vous met en bouche les paroles imprononçables du désir, de l'amour, des phrases qui font pouffer, bafouiller, rougir, avant qu'on en éprouve l'absolue nécessité, un cinéaste, Maurice Failevic, qui vient planter sa caméra au milieu du béton et qui embauche toute la troupe pour assurer la figuration intelligente de son film *Le premier qui dit non*, transformant la bande en chœur de tragédie grecque, la musique enfin qui emporte tout et impose son rythme aux battements du monde.

J'ai eu du mal à retenir mes larmes, et quand il s'avance pour prendre ma place, l'imam habillé d'une djellaba blanche me fait l'accolade. Il commence par psalmodier des sourates en arabe avant de continuer en français.

— Ô Seigneur, pardonne à nos vivants et à nos morts, aux jeunes et aux vieux, aux hommes et aux femmes, aux présents et aux absents. Nous sommes à Allah, et c'est à lui que nous retournons. Ne dites pas de ceux qui sont tués dans le chemin d'Allah qu'ils sont morts. Au contraire, ils sont vivants, mais vous en êtes inconscients…

Il revient à la langue arabe pour un long monologue qui a pour effet de provoquer l'énervement de Loubna. Je la vois qui parle de manière saccadée, penchée vers l'oreille de sa mère. Je tends la mienne.

— Tu entends ça, maman ? Où est-ce qu'on est allés le chercher, cet imam ? D'où il sort ? Écoute, il t'insulte le jour de l'enterrement de ton fils !

Sakina tourne la tête vers sa fille.

— Tu as raison, ma fille. Dis-lui de se taire…

À la stupeur générale, Loubna fait trois pas en avant, s'immobilisant devant le serviteur de

Dieu qui s'interrompt brusquement. La voix de Loubna, pourtant étouffée, est portée par le silence.

— Nous vous remercions, mais nous vous demandons de ne pas continuer votre prière... Il y a eu un malentendu, elle ne correspond pas à ce que Rayan pensait. C'était un croyant, un musulman, mais il ne traçait pas de frontières entre les hommes... Regardez ceux qui sont venus lui rendre hommage. Ils sont à son image.

L'imam la foudroie du regard, avant de faire un signe à ses deux assistants qui le suivent dans l'allée menant à la sortie du cimetière. Après un moment de flottement, une dizaine de personnes se joignent à eux. Pendant qu'ils s'éloignent, Loubna prend les choses en main, organisant le défilé de toutes les personnes présentes devant la fosse où le cercueil a été descendu. On n'entend plus que les poignées de terre qui frappent le bois, le piétinement de ceux qui repartent sur les pavés inégaux. Je reste jusqu'au bout près de la famille, recueillant les condoléances dont celles de Gérard Topolino, le client dépensier de La Tentation à Patong, qui en sa qualité de maire adjoint est venu exprimer la solidarité de la municipalité. Le rebord incliné de son chapeau masque son regard.

À l'issue de la cérémonie, le fourgon aux vitres teintées nous dépose devant l'immeuble de la cité Fougeron où Sakina a échangé son appartement familial contre un deux-pièces dont les fenêtres ouvrent sur une station-service désaffectée squattée par des équipes de marginaux pratiquant la mécanique sauvage. Je retrouve Loubna qui prépare du thé dans la cuisine.

— Qu'est-ce qui s'est passé avec l'imam ? J'ai tiqué quand il a parlé de « ceux qui sont tués dans le chemin d'Allah »… C'est pour ça que tu lui as cloué le bec ?

Elle prend le temps de placer son mélange d'herbes séchées dans l'infuseur.

— Je n'avais même pas fait attention… Non, c'est le reste. Il devait penser que nous ne comprenions pas ce qu'il disait, nous les Kabyles… Sauf que notre père était arabe et qu'il nous a transmis sa langue, de la même manière que maman nous a appris le tamazight…

— Qu'est-ce qu'il a raconté ?

Elle se frotte les yeux.

— Il a commencé par des louanges à Allâh, Maître des Mondes, et à souhaiter paix et salut sur celui qu'Allâh a envoyé comme miséricorde pour le monde entier, ainsi que sur sa Famille, ses Compagnons et ses Frères jusqu'au Jour de la Résurrection. Je ne suis pas née de la dernière pluie, je sais décoder ce type de discours. C'est comme s'il me tendait sa carte de propagandiste du salafisme… Nos parents, nos amis, ont payé le prix fort en Algérie pour sortir des cavernes mentales où ces fous voulaient les enfermer ! Deux cent mille morts… Ensuite, il s'est permis d'affirmer que le défunt, Rayan, ne trouverait jamais le repos dans un lieu consacré aux mécréants. En plus, il a refusé de s'approcher du cercueil alors qu'un imam se place près de la tête du mort quand c'est un homme…

— Pourquoi ? Quelle importance ?

Elle lave la menthe fraîche sous le jet du robinet, prend le temps de verser lentement l'eau frémissante dans la théière.

— Tout simplement parce que le corps, selon la loi religieuse, doit être enseveli directement dans la terre… Il a dit exactement : « Enterrer un défunt dans un cercueil est détestable, car dans ce cas le corps des musulmans sera exposé à l'avilissement et à l'humiliation. » Voilà comment il traitait Rayan, il le vouait au malheur éternel, voilà la leçon qu'il nous donnait et qui était aussi à destination de tous les croyants présents dans le cimetière, de la petite troupe qui l'a suivi. Les cercueils c'est eux qui les fabriquent. Avec leurs mots. Ça ne leur suffit pas de pourrir la vie des vivants, il faut en plus qu'ils s'attaquent aux morts…

La colère n'empêche pas les larmes de jaillir de ses yeux.

— Tu as été courageuse de faire ce que tu as fait, Loubna… Rayan aurait été fier de toi.

Elle me fait face, m'offrant son visage défait, baissant la voix pour ne pas être entendue par sa mère.

— Je m'excuse pour Sylvia. On ne pouvait pas comprendre, on l'a prise pour une folle. J'ai beaucoup réfléchi depuis toutes ces années… C'est remonté quand on est passés devant la chapelle de la famille Ochaulla. J'étais mal, j'ai failli m'évanouir. C'est aussi ça qu'elle ne supportait pas, sauf qu'elle avait vu, à l'époque, ce que personne ne voulait voir. Elle avait sept ans d'avance sur nous, la frangine, quand elle faisait son scandale dans le cimetière. Pourquoi crois-tu que je suis partie avec mes enfants ? Ici, c'est devenu le bled ! Quand je sortais en jupe, avec un petit décolleté, je ne pouvais pas faire cent mètres sans me faire traiter de putain par les frères qui se tripotent sous leur qamis ou leur djellaba.

— Tu crois que c'est mieux au Québec ?

— Je ne sais pas, je ne suis pas encore habituée… Là-bas, dans mon quartier, ils m'appellent la Française…

Je l'aide à placer les tasses et quelques gâteaux sur un plateau de cuivre que je place devant Sakina, dans le petit salon décoré à l'orientale où elle nous attend. Elle avale une série de cachets multicolores prélevés dans son pilulier, avec son infusion, puis elle veut que je lui raconte tout ce que j'ai vu en Thaïlande, que je lui montre les photos de l'île sur laquelle vivait Rayan prises avec mon téléphone. Je les fais défiler sur l'écran, remarquant au passage la douzaine de messages en attente. J'accélère le mouvement d'un effleurement de l'index quand le désastre est par trop apparent.

Un peu plus tard, je m'approche de la fenêtre pour observer les mécaniciens qui vidangent des moteurs de voitures sur la pelouse anémiée coincée entre l'aire de l'ancienne station-service et le grillage défoncé de la cité. D'autres démontent le pare-chocs d'une fourgonnette à coups de masse sous le regard blasé des guetteurs de la première ligne de protection du spot d'herbe installé sur le parking régional, près du terminus de la ligne de métro. J'en profite pour consulter les mails et les SMS stockés dans ma boîte, l'œil aussitôt attiré par une adresse d'envoi basée en Thaïlande. Je l'ouvre aussitôt en constatant que c'est celle de Branis, l'ami de Rayan qui assurait la sécurité de la DJ Nakadia à La Tentation, la boîte techno de Patong :

« *Bonjour Erik. Je ne sais pas si l'info est arrivée en France, mais comme je le pensais les flics de Phuket ont fini par comprendre qu'ils étaient sur une fausse piste. Ils viennent de libérer Dokmaï et Phaibun. D'après les confidences d'un enquêteur qui m'a interrogé en tant que proche de la victime, plusieurs témoignages prouvent qu'ils ont quitté Ko Phi Phi avant l'heure présumée du meurtre. Je vous tiens au courant s'il y a du nouveau.* »

Après l'avoir remercié, je fais lire la nouvelle aux deux femmes. Dépassée par les événements, Sakina ouvre de grands yeux quand je lui demande de téléphoner à son avocat pour tenter d'en savoir davantage.

— Un avocat ? Il faut en prendre un ? Personne ne m'a rien dit quand ils m'ont téléphoné de la préfecture et du palais de justice de Bobigny… Je suis perdue, je croyais que c'était automatique…

Je les quitte en début de soirée alors que Loubna prépare sa valise pour prendre un vol de nuit à Roissy. Avant de refermer la porte, elle me fait promettre de ne pas les laisser tomber, de faire tout ce qui est en mon pouvoir pour que la mort de Rayan ne reste pas impunie. Je traverse la cité sur laquelle la pénombre s'installe, butant sur des culs-de-sac, tournant en rond dans les coursives, me perdant en longeant des façades jumelles. L'application de mon smartphone tourne également en rond. Ma présence dérange les guetteurs dissimulés dans les recoins les plus sombres ou juchés sur les murets. De loin en loin se répercute leur cri d'alarme qui signale la progression d'un étranger vers le cœur du dispositif de deal :

— Artana ! Artana !

L'un d'eux finit par sortir de sa cache pour venir au contact, les traits dissimulés par la nuit ovale de sa capuche.

— Qu'est-ce que tu fais là ? Qu'est-ce que tu cherches ?

— La sortie ! Je n'arrive pas à me repérer. Je ne sais pas qui a construit ce labyrinthe, mais même mon GPS n'y comprend rien.

— Tu vas où ?

— Le quartier de la mairie. Il faut que je retrouve le cimetière, après pas de problème, je le longe et je suis arrivé…

Il me fait signe de le suivre, d'un mouvement sec de sa tête emmitouflée, et deux minutes plus tard il disparaît après m'avoir remis sur le bon chemin. Sur le parcours, je surprends le manège de deux autres équipes occupées au même trafic, me faisant la réflexion qu'en toute justice l'architecte du labyrinthe devrait être associé au partage des bénéfices. Près de la poste, les lumières de l'Audi répondent bizarrement à mon impulsion sur la touche du bipeur. J'en comprends la raison en pénétrant dans l'habitacle : le siège côté passager est couvert d'éclats de verre, de même que le tapis de sol, et la moitié restante de la vitre forme un puzzle instable dans son encadrement. Le contenu de la boîte à gants, du coffre et des rangements de bas de portes est éparpillé sur les fauteuils. Descriptifs de produits vétérinaires, échantillons, cartes de la côte normande, dépliants touristiques, tire-bouchon pliable, lunettes de soleil dans leur étui… Beaucoup de bris pour rien. À la permanence téléphonique de la compagnie d'assurances on me conseille de déposer plainte au commissariat de Courvilliers pour activer la prise en charge des dégâts.

Après une palpation au corps effectuée par un fonctionnaire encadré par trois militaires en armes, j'entre dans la salle d'attente remplie d'une humanité en souffrance. Femmes battues, victimes de vol à la portière, d'arrachage de portable. Les jeunes policiers tentent de comprendre les doléances exprimées dans autant de langues qu'il y a d'individus, afin de les orienter vers les étages où leurs officiers engagent les procédures. Deux heures d'attente sur une chaise bancale me donnent le droit d'emprunter l'escalier pour me retrouver, dans un cagibi décoré d'une affiche de kung-fu, devant un enquêteur harassé qui tape ma déclaration du bout de ses deux index sur un clavier rafistolé à l'adhésif de déménagement.

Nous parlons de choses et d'autres pendant qu'il bricole les branchements pour faire partir l'impression du procès-verbal, et j'évoque la mort de Rayan, un enfant de Courvilliers, en Thaïlande, m'attirant un froncement de sourcils.

— Comment vous êtes au courant de ça ?

— Par hasard… J'étais en vacances à Phuket. J'en reviens…

— Signez là. Ils ont arrêté les meurtriers là-bas. Affaire classée.

CHAPITRE 6

Je rentre à Portejoie dans la nuit, roulant à vitesse réduite pour éviter les turbulences. Un nuage isolé lâche quelques gouttes de pluie sur le pare-brise, un peu avant Rouen, puis les étoiles se remettent à briller dans le ciel obscur. Au milieu de la matinée, en échange d'une simple signature, une société envoyée par l'assurance procède au remplacement de la vitre brisée, au nettoyage de l'intérieur de la voiture, sur le parking de la clinique, alors que Frédéric et François accueillent les premiers maîtres flanqués de leurs animaux éclopés. Auparavant, j'ai laissé deux messages à un procureur en poste à l'Échiquier, l'ancien siège du parlement de Normandie. Jean-Michel Targuier est un adepte de la chasse au gibier d'eau, ce qui n'est pas vraiment mon cas quel que soit le contenu de la gibecière, et il nourrit une véritable passion pour les épagneuls bretons à la robe noir et blanc, des bêtes qu'il va chercher dans un élevage de la vallée de l'Élorn, une campagne du Finistère nord, près de Landerneau. Nous avons fait connaissance il y a trois ans quand il m'a amené son chien fétiche, une femelle de cinq ans baptisée Bandidos, atteinte d'une fièvre hémorragique que j'avais diagnostiquée comme étant une infection due au virus de la parvovirose. L'animal, prostré, déshydraté, se vidait par tous les orifices et refusait la nourriture solide tout comme l'eau. La chienne était pour lui comme un enfant qu'il avait porté sur la table d'auscultation, ne craignant pas de maculer son costume de justicier. Je l'avais sauvée de justesse au moyen d'un remède combinant les perfusions, les antivomitifs et surtout les injections de doses maximales d'interféron oméga pendant cinq jours d'affilée. Depuis, il me voue une reconnaissance sans bornes qui se manifeste, en saison, par des offrandes de canards ou de bécasses dont je fais des civets, des pâtés, des terrines. Quelquefois nous prenons un verre ensemble, et il me raconte les dessous pas très chics des affaires dont il a la charge, prenant un malin plaisir à me décrire par le menu les frasques des élites rouennaises.

Il me rappelle vers midi, m'annonçant qu'il ne tardera pas à faire un détour par Portejoie afin que j'ausculte Bandidos qui, selon lui, est entrée en gestation. Les signes qu'il me décrit, prise de poids, gonflement des tétines, propension à gratter le fond de son panier, baisse de l'entrain, semblent confirmer son diagnostic.

— Je peux passer demain ou après-demain… En plus, ça me fera plaisir de vous voir. Vous avez encore un créneau ?

— Je vais vous décevoir : c'est Frédéric, mon remplaçant, qui a les clefs de la boutique jusqu'à la fin de la semaine. Je ne reprends le collier que lundi prochain… Je vous téléphonais en fait pour avoir quelques conseils à propos d'une procédure judiciaire…

— Vous avez des problèmes ?

— Non, rassurez-vous… Pas moi. Un de mes amis s'est fait tuer, en Thaïlande… Je me suis occupé sur place des formalités avec le consulat.

Je lui résume la situation en quelques phrases, insistant sur le fait que la famille de Rayan n'est que partiellement tenue au courant du développement d'une affaire la concernant au plus haut point, et que les services de police semblent en savoir encore moins sur le sujet qu'un modeste agent de sécurité vacataire d'une boîte de Patong. Pendant que je parle, je l'entends pianoter sur les touches de son ordinateur, probablement à la recherche d'informations.

— La famille a porté plainte ? Elle a pris un avocat ?

— Malheureusement non, d'après ce que j'ai compris. Le ciel leur est tombé sur la tête. La mère est presque impotente, et sa fille vit à Montréal…

— La plainte, c'est essentiel pour que l'action du ministère public soit engagée. Sinon, il faut espérer que ce soit le pays où le crime a été commis qui en prenne l'initiative, mais avec la Thaïlande, on peut attendre longtemps… On n'a pratiquement pas d'accords de réciprocité, une bonne partie des négociations est bloquée par leur position intransigeante sur la peine de mort. Résultat, ils travaillent de leur côté au moyen de procédures qui ont davantage à voir avec la roulette russe qu'avec la justice… Si vous y retournez et que par malheur vous y soyez arrêté pour une raison ou une autre, le conseil que je vous donne, c'est de payer au policier de quartier ce qu'il vous demande. C'est le principe de base, ensuite tout se discute.

— J'ai l'impression que vous noircissez le tableau…

— Il y a cinq ans de ça, un ami juge d'instruction au Havre a eu à traiter un dossier thaïlandais de ce genre. Un entrepreneur français qui s'était aperçu que la société dans laquelle il avait investi, à Bangkok, ne lui appartenait pas. Un avocat véreux commandité par son associé s'était arrangé pour le dépouiller. Ils en sont venus aux mains, et l'avocat a porté plainte pour tentative de meurtre. La victime de l'escroquerie s'est retrouvée au commissariat de Lard Yao, l'un des pires du pays. Dès sa première audition, on lui a demandé environ cinq mille euros, le barème ordinaire pour une accusation de cette gravité. S'il payait, il ressortait libre et on lui promettait que la justice, qui a aussi son barème, se montrerait clémente. Il a refusé, ignorant des règles du jeu, et a pris une raclée avant d'être torturé. Ce n'est pas tout à fait ce qu'on lit dans les guides touristiques… Le soir même, transféré dans la prison surpeuplée de Chonburi, il dormait par terre dans un couloir au milieu de centaines d'inconnus. Il a maigri de quinze kilos après trois mois de ce régime. Il a failli attraper la tuberculose, assisté à des viols… Il a dû verser près de dix mille euros au procureur, par l'intermédiaire de son avocat, pour accélérer la procédure. Quand on l'extrayait de l'enfer de Chonburi, le policier se faisait remettre entre cinquante et cent euros pour lui enlever les menottes, sinon elles étaient serrées au maximum, dans le dos… Son épreuve a duré un an et demi, avant qu'on parvienne à le faire expulser. À l'aéroport, il s'est retrouvé face au commissaire de Lard Yao qui lui a dit d'un air sincèrement désolé : « Mais pourquoi vous ne m'avez pas payé ? Je vous avais prévenu. » Pour ce qui concerne vos amis, je vais voir avec les collègues de Seine-Saint-Denis s'ils se sont saisis du dossier. Dès que j'ai une réponse, je vous passe un coup de fil. En fin de journée. Demain matin au plus tard.

Une chaleur moite s'appesantit sur la région, et j'invite Frédéric à déjeuner à la terrasse d'une auberge d'où l'on peut observer le manège des bacs chargés de voitures qui font la navette entre les rives opposées de la Seine. C'est toujours impressionnant de voir les barges dériver sous la force de la marée dont l'amplitude peut atteindre près de trois mètres, et cela à plus de soixante-dix kilomètres de l'embouchure, au Havre. Frédéric est détendu. Il vient de signer le compromis de vente pour l'acquisition d'une ancienne grange située dans les vergers, près des vestiges de l'abbaye de Jumièges, non loin de l'hôtel où j'ai passé la nuit précédente en compagnie d'Élodie.

— C'est un paysan qui me la cède pour presque rien. Ça devient dur de vivre de son travail dans la vallée des fruits quand on n'a que cinq ou six hectares… Il a revendu son exploitation à un voisin, à part deux parcelles. Celle où est bâtie sa maison et celle qui est désormais la mienne. La grange, il s'en servait de remise pour le matériel. Tout est à refaire, le toit est crevé, mais le gros œuvre a tenu le coup et la charpente est récupérable… À l'étage, c'est sublime, on a vue sur la Seine et les falaises du Landin.

Un architecte de ses amis a visité la ruine et émis l'hypothèse, en découvrant les soubassements en pierre de taille, qu'elle aurait pu faire partie des possessions du domaine monastique sur lequel ont travaillé jusqu'à neuf cents moines et quinze cents serviteurs.

— Je vais parer au plus urgent, la réfection du toit, puis je me donne cinq ou six ans pour tout remettre en état.

— Tu comptes exercer là-bas ?

— Non, je reste dans le cabinet collectif à Louviers. L'activité n'est pas vraiment au top, mais on s'entend plutôt bien. À terme, j'envisage de m'y installer avec Irène et les enfants. Il y a environ cent mètres carrés habitables à chacun des deux niveaux. Quand j'ai du temps libre, je me plonge dans les vieux papiers, j'essaie de reconstituer le passé de la maison. C'est un monument historique, un peu comme toi, ici, avec ton histoire à propos de la ferme modèle de Louis Renault.

Nous prenons le café alors que l'orage menace. La foudre s'abat sur les hauteurs alors que nous nous dirigeons vers la voiture, illuminant d'une lueur blafarde la façade du château posé sur la falaise, puis des trombes d'eau noient le paysage tout au long du chemin du retour vers Portejoie. Sitôt arrivé, je m'enferme dans mon bureau pour le restant de l'après-midi, mettant à profit la présence de Frédéric pour m'attaquer à la pile de factures en retard, de déclarations aux assurances, classant les justificatifs de dépenses dans les chemises de couleur en prévision de la vacation mensuelle du comptable. Le procureur Targuier me rappelle comme promis un peu avant vingt heures. Il commence par me confirmer le fait que la famille ne s'est pas officiellement manifestée auprès de la justice, mais qu'un juge d'instruction de Bobigny va très certainement se saisir du dossier dans les heures ou les jours prochains.

— C'est certain, une enquête va être diligentée. La police thaïlandaise a confirmé ce que vous me rapportiez à propos des deux jeunes arrêtés dans un premier temps puis libérés. Il semble bien qu'ils n'y soient pour rien. Le fait nouveau, c'est l'analyse balistique effectuée à Bangkok et transmise aux services de police français en même temps que le rapport d'autopsie. Les balles extraites du corps de Rayan proviennent d'un Glock 17, une arme fabriquée pour partie en polymère qui de ce fait est difficilement détectable lors des contrôles.

— Les munitions le sont, elles…

— Oui, bien sûr, mais on peut en trouver sur place sans trop de problèmes, surtout à Patong… Le plus intéressant, et ce qui motive l'ouverture d'une procédure, c'est que cette arme a déjà parlé il y a trois mois. Et vous savez où ?

Je me doute de ce qu'il faut répondre, mais je lui laisse l'avantage de la surprise.

— Non, je ne vois pas…

— À Courvilliers. Un règlement de comptes non élucidé qui a fait un mort et deux blessés. Très certainement un conflit pour le contrôle d'un point de vente de stupéfiants. Les traces sur les projectiles correspondent exactement. À partir de là, on peut considérer qu'il y a un lien entre les deux affaires en s'appuyant sur la jurisprudence qui stipule que « la juridiction compétente pour juger le fait principal est compétente pour juger le complice, quelle que soit sa nationalité et quel que soit le lieu où les actes de complicité se sont accomplis ».

Impossible pour moi de comprendre ce qu'il dit. J'ai toujours eu des difficultés avec les langues étrangères.

— En clair, ils pensent que le règlement de comptes à Courvilliers et le meurtre à Ko Phi Phi sont liés, que l'auteur est le même, c'est bien ça ?

— Non, pas obligatoirement… On peut avancer l'idée que la connexion est établie par l'utilisation d'une même arme pour les deux crimes, et bien qu'on ne puisse préjuger que c'est une seule personne qui a appuyé sur la détente en France et en

Thaïlande, en droit c'est suffisant. D'après mon expérience, cela va activer les recherches ici, mais je doute que les enquêteurs français disposent des moyens nécessaires pour se déplacer à Ko Phi Phi.

Je le presse de questions, mais le procureur refuse d'être plus précis et d'aller au-delà de ce qu'il vient de me livrer. Je raccroche. Avec les trois œufs, une pomme de terre germée et le paquet d'emmental râpé qui traînent dans le réfrigérateur, je me confectionne une omelette baveuse que j'ingurgite les yeux rivés sur l'écran de l'ordinateur qui affiche la liste des crimes récents ayant eu Courvilliers pour cadre. Pour être tout à fait sincère, j'ai toujours été fasciné par les faits-divers, une addiction transmise par Marie, ma grand-mère paternelle, qui ne pouvait trouver le sommeil qu'en lisant les articles sanguinolents du *Parisien*, en semaine, se réservant pour le samedi soir l'intégralité des horreurs publiées par l'hebdomadaire *Détective* illustrées par les dessins aux perspectives vertigineuses d'Angelo Di Marco. La découverte de la photo d'un voisin, Robert Chaumont, en première page, surmontée du titre « La malle sanglante de la gare d'Austerlitz », avait été l'un des plus beaux jours de la vie de Marie. Employé comme porteur de valises, c'est lui qui avait trouvé bizarres les traces de sang que laissait le bagage entre les roues de son chariot. Des traces que les limiers du quai des Orfèvres avaient remontées jusqu'à une maîtresse flouée et particulièrement rancunière. Toujours accompagné d'un chien jaune de provenance inconnue dont les babines ruisselaient de bave, Robert Chaumont était venu prendre l'apéritif une fois par mois à la maison jusqu'à la mort de ma grand-mère, trônant devant la preuve imprimée de son exploit fixée au mur, entourée d'un cadre doré.

Le premier article qui capte mon attention me concerne sur le plan strictement professionnel. La responsable d'une association baptisée L'école des matous s'étrangle d'indignation, confrontée à une tentative de destruction massive des chats de son quartier du canal au moyen de jets d'acide. En un mois, cinq félins y ont laissé la vie, un sixième a par la suite été euthanasié, tandis que la dernière cible, Moustache, tente de reprendre des forces après une lourde opération de greffe de peau d'une durée de deux heures. Le deuxième papier raconte par le menu la macabre découverte effectuée par des pompiers dans une résidence neuve de la rue Louis-Aragon. Alertés par sa famille de l'absence prolongée d'un professeur de l'école privée catholique de Courvilliers, ils ont défoncé la porte à la hache et ont retrouvé le disparu allongé sur son lit, méticuleusement momifié à l'aide d'une quantité impressionnante de film alimentaire. D'après l'autopsie, la mort est due à une asphyxie par strangulation. Une information complémentaire précise que le meurtrier présumé a été appréhendé quelques jours plus tard, en province, alors qu'il utilisait les cartes de crédit de son amant. Il s'agit d'un jeune homme rencontré sur les réseaux sociaux par la victime et invité à passer la nuit rue Louis-Aragon. La mention du nom du poète fait ressurgir le souvenir d'une lecture épique que Sylvia avait faite, au Moulin d'Andé. Des textes érotiques peu connus de l'auteur du *Fou d'Elsa*. Les sifflets des gardiens du temple, venus en masse pour l'occasion, avaient fusé dès qu'elle avait prononcé le titre du spectacle : *Les aventures de Jean-Foutre La Bite*, fragment du roman disparu *La défense de l'infini*. Il avait fallu qu'elle hausse le ton pour expliquer qu'il y était question des déambulations, dans le métro parisien, d'un homme réduit à l'apparence d'un sexe géant. Dix minutes de tumulte avant qu'elle parvienne à s'attaquer au texte :

> *À l'instant où elle attend sous la pancarte des premières, la Bite peigne soigneusement par l'ouverture de son plaid les poils follets de ses couilles, deux couilles solides et rebondies qui ne déparent pas le membre qu'elles complètent. Il est fort heureux pour nous que la Bite se parle à voix basse, nous allons saisir ses pensées.*

Elle n'avait pas pu aller au-delà des deux premières phrases du dialogue intérieur, giflée par un défenseur de l'infiniment petit. Lisant le fait-divers, je me dis que la malédiction aragonesque a continué à frapper, là, à Courvilliers, attirée par la seule présence d'une plaque bleue émaillée.

L'esplanade de la mairie où je me suis arrêté pour déjeuner le jour de l'enterrement a été le théâtre d'un autre meurtre. Le mari d'une jeune Tunisienne importunée par un groupe de teneurs de mur, à la descente du bus, a eu la mauvaise idée de la défendre. La bande défiée sur son territoire est passée à l'acte, le rouant de coups, le savatant à mort devant les consommateurs indifférents attablés aux terrasses.

Mais l'agression la plus effroyable s'est produite un mois plus tôt à la limite de La Courneuve dans un quartier de pavillons ouvriers nichés entre des ateliers de petite métallurgie, des entrepôts remplacés peu à peu par des programmes immobiliers. Trois hommes encagoulés ont fait irruption à l'heure du déjeuner dans un café-restaurant d'angle face à une cité HLM en perdition. Deux jeunes serveuses souriantes sinuaient entre les tables occupées par une quinzaine de personnes tandis que la musique diffusait les airs à la mode sur les reliefs de Transylvanie, dans les plaines de Moldavie. Les membres du commando tenaient chacun à bout de bras un jerrican d'essence dont ils ont aussitôt aspergé les clients, les tables, les chaises, la porte menant à la cuisine, celle des toilettes... La flamme d'un briquet a suffi à tout embraser. Les gens pris au piège se sont rués vers la sortie, leurs vêtements en feu, tandis que le cuisinier tentait de briser les vitres pour se sortir de ce cauchemar. Parmi les trois blessés graves, l'une des jeunes femmes n'a pas survécu, l'autre n'a plus de visage. La police a rapidement arrêté deux hommes de main dans une barre des 4 000, à La Courneuve, mais le commanditaire s'est mis à l'abri des recherches et on ne parvient pas à identifier les causes d'une telle barbarie.

Je tombe également sur un site chinois dédié à Chaolin Zhang, un jeune couturier assassiné par des voyous pour une poignée d'euros. Le blog est parsemé de vidéos captées au moyen de caméras de surveillance sauvages installées à l'intérieur de commerces, dissimulées dans le fouillis des enseignes, derrière les pare-brise des véhicules. Plusieurs dizaines de films reproduisent la même séquence en plan fixe : deux adolescents chevauchant un scooter rapide maraudent dans le secteur des grossistes, finissent par repérer leur proie, roulent sur le trottoir jusqu'à sa hauteur puis, alors que le conducteur accélère brutalement, le passager arrache le sac, la sacoche, la valise, la mallette, n'hésitant pas à traîner sa victime sur plusieurs mètres avant qu'elle n'abandonne, à bout de forces. D'autres clips pris sur le vif montrent des vendeurs, des portefaix, qui sortent des boutiques pour se lancer à la poursuite des voleurs, brandissant des battes de base-ball, des manches de pioche, parvenant quelquefois à les rattraper, les livrant à la police après les avoir rossés.

Seul un articulet me soutire un sourire au milieu de ce déferlement de violence, où il est raconté qu'un braqueur tout aussi désespéré qu'armé s'est attaqué à l'agence de pompes funèbres installée au coin de l'allée menant au cimetière. Il est reparti avec la caisse et son contenu estimé à douze euros.

CHAPITRE 7

La fusillade évoquée par le procureur Targuier date en fait d'un peu plus de quatre mois et tient beaucoup moins de place que les faits-divers précédents. Elle s'est produite en début de soirée dans un secteur délaissé de la ville, un triangle coincé entre l'avenue de la Porte-de-Courvilliers, les anciens entrepôts de charbon, du temps où Paris se chauffait au boulet Bernot, et le canal Saint-Denis dans sa portion la moins aimable dans sa traversée de la ville, avec ses alignements de tours à béton, ses amoncellements de métaux oxydés débordant des clôtures défoncées des ferrailleurs. C'est là aussi que convergent, à l'aube, les chiffonniers roms et leurs poussettes emplies de ce qu'ils ont pu sauver de la benne en plongeant les mains, à la nuit finissante, dans les poubelles grasses généreusement offertes par les riverains. D'après ce qu'il est écrit, une moto de forte cylindrée, dont les numéros d'immatriculation étaient recouverts de boue, a ralenti devant la devanture d'un café miteux, Chez Félix, fréquenté par quelques dealers ainsi que par les souteneurs des filles installées à demeure sur les boulevards des Maréchaux, à proximité des sites de logistique et de leurs chauffeurs routiers esseulés. Le pilote, la tête masquée par un casque intégral équipé d'une visière fumée, a immobilisé son véhicule avant de faire feu à trois reprises, posément, tuant une petite main du trafic de shit local, deux balles perdues blessant grièvement un serveur et une jeune femme employée au service municipal de l'urbanisme qui passait au mauvais endroit au mauvais moment.

Si une splénectomie, une cystotomie ou une exérèse de tumeur tant chez le chien que chez le chat n'ont plus de secrets pour moi, j'ignore comment on doit s'y prendre, sans connaître les identités des protagonistes, pour explorer les liens existants entre cette fusillade et le meurtre de Rayan. Targuier s'est montré on ne peut plus pessimiste quant à la probabilité d'une enquête en Thaïlande, et l'état de santé de Sakina n'augure rien de bon pour un accès à la procédure. Vers minuit, une lampe torche à la main, je monte au grenier, une vaste pièce sous charpente, l'envers des tuiles apparent, que Sylvia projetait d'aménager en salle de répétition en ces temps où le mot avenir avait encore un sens pour elle et moi. Tout ce à quoi elle tenait est entreposé là, avant tout ses livres de poésie aux pages fiévreusement annotées, les classeurs où elle rangeait les articles analysant des pièces de théâtre, des performances auxquelles elle avait assisté, sa garde-robe, sa collection de chapeaux. Des objets qui habitaient notre chambre, et que je m'étais résolu à exiler là, cinq ans plus tôt, sans trouver depuis le courage d'y revenir. Je débarrasse la vieille malle d'une pile de draps, de cartons poussiéreux, d'appareils électroménagers, pour l'ouvrir sur les reliques de ma propre existence, tous ces objets que je ne suis jamais parvenu à effacer de ma mémoire et dont la seule présence, même hors du regard, suffit à me rassurer. Le faisceau de la lampe effleure les couvertures des albums de photos, les boîtiers emplis de diapositives, les paquets de cartes postales, les disques 45 tours, les cassettes vidéo, les posters… Je repousse tout de la main sans m'y attarder, de peur d'être aussitôt happé par la nostalgie, à la recherche du carnet à la couverture de cuir noir décorée d'un portrait de Nelson Mandela. Je finis par le retrouver dans une boîte à cigares, au milieu de billets de banque périmés, de pièces de monnaie désormais sans valeur, des marks, des escudos, des pesetas, des lires maltaises, des francs belges, des drachmes, seuls souvenirs palpables de voyages amoureux au travers de l'Europe d'avant l'euro. Je le feuillette, comme pour me convaincre que c'est bien celui que je cherchais, faisant défiler sous mon pouce, à la manière d'un folioscope, les pages remplies de noms, d'adresses, de numéros de téléphone.

Une heure plus tard, je redescends dans le

bureau, le calepin ouvert à la lettre « K », la mienne, avec la liste de tous ces proches que l'âge, la maladie, le désespoir ont décimés en si peu d'années. Pas une page de l'abécédaire sans ces traits redoublés, à l'encre noire, rayant des amis, des connaissances du monde des vivants. Il me faut chasser les spectres, les fantômes pour faire l'inventaire des personnes perdues de vue que nous avions fréquentées à Courvilliers, avec Sylvia, auxquelles je pourrais faire appel aujourd'hui. Je me laisse tomber sur le canapé des heures plus tard, épuisé par un travail qui s'apparente dans mon esprit à une exhumation.

À mon réveil peu après sept heures du matin, le dimanche, je relis la liste d'une vingtaine de noms sélectionnés, suivis des indicatifs téléphoniques datant de cinq ans pour le plus récent. Une photographe, des comédiens, un militant syndical, un conseiller municipal, un artisan menuisier, une directrice d'école, et pas mal d'intermittents du spectacle de la vie. Je patiente jusqu'à l'heure du déjeuner pour composer le numéro de Geneviève Laubel, une camarade de classe de Sylvia, qui avait commencé une carrière de fonctionnaire à la Sécurité sociale avant de se découvrir une passion pour la peinture. C'est son mari qui décroche après une dizaine de sonneries. En fait, je le connaissais même si je n'en gardais qu'un vague souvenir, mais son profil s'est précisé d'un coup, à l'écoute du seul son de sa voix. Ouvrier mécanicien et adepte du jogging, il nous avait invités une journée d'été autour d'un barbecue dans le cabanon qu'il louait au cœur des jardins ouvriers des Courtillières, non loin de la cité Fougeron. Sylvia lui avait fait forte impression, si j'en crois son insistance à me demander de ses nouvelles. Je choisis d'éluder.

— Oui, elle a quelques petits soucis de santé, mais dans l'ensemble, ça va... Elle vient de perdre son frère, Rayan, dans des conditions dramatiques. C'est pour cette raison que je me suis permis de renouer le contact après tout ce temps... C'est souvent le malheur qui rapproche. J'aurais voulu parler à Geneviève, elle l'a bien connu quand il était gamin...

Il m'interrompt immédiatement, élevant la voix dans les aigus dès que je prononce le prénom de sa femme.

— Je ne veux plus rien avoir à faire avec elle ! Je ne sais même pas où elle est allée. Je dois m'estimer heureux si je reçois des nouvelles de la gosse pour Noël. Sylvia, votre femme, je ne l'ai vue qu'une fois, comme vous... Et son frère, inconnu au bataillon...

La chance ne se montre pas plus souriante pour mon deuxième appel à destination de Gérard Nouviau, l'entraîneur de la section de judo du Club municipal de Courvilliers à l'époque où Rayan s'était mis en tête de vivre comme un Japonais. C'est une femme qui me répond, une aide-soignante qui s'occupe de lui et me parle d'une voix étouffée.

— Je ne peux malheureusement pas vous le

passer… Il est incapable de soutenir la moindre conversation depuis sa dernière attaque. Je pense qu'il comprend ce qu'on lui dit, je le vois à son regard, il réagit, mais c'est trop demander que d'espérer un retour…

La troisième tentative ne se solde pas par un échec immédiat, le résultat en est juste différé. Omar Belaïd habitait le même escalier que la famille de Sylvia, cité Fougeron, et ses fenêtres donnaient sur la pelouse où s'ébattaient les enfants. Sakina passait de longs moments avec l'épouse d'Omar, à discuter, à cuisiner, à boire le thé, tout en surveillant la marmaille, menaçant de descendre remettre de l'ordre à la moindre chamaillerie. Nous avions mangé ensemble à plusieurs reprises autour de la grande table, et c'est par Omar que j'avais appris un pan occulté de la guerre d'Algérie, la répression meurtrière menée par la police française dans les rues de Paris, en octobre 1961. Bien que né un an plus tôt, il en était un témoin d'importance, son père Mohand ayant été tué par strangulation au cours de cette terrible nuit, son corps retrouvé pendu à la branche d'un arbre du bois de Vincennes probablement pour faire croire à un suicide. Son statut de fils de martyr lui valait le respect et la considération de la vaste communauté des exilés algériens, et bien au-delà. Il faisait vivre la mémoire de son père en participant à tous les hommages organisés par la municipalité, cérémonie automnale de lancer de roses dans le canal Saint-Denis, commémoration du cessez-lefeu en mars, et il ne comptait pas son temps pour aller expliquer aux collégiens, aux lycéens, le sens des combats de la décolonisation.

— Tu as de la chance de tomber sur moi… Je n'habite plus ici, c'est ma mère qui a repris l'appartement. Je venais lui apporter de quoi manger comme tous les dimanches. C'est rare que ça sonne sur son fixe. D'ailleurs, je ne sais pas pourquoi elle le garde alors qu'elle passe sa vie sur son portable à faire des réussites ! Je t'ai aperçu à l'enterrement. Je voulais venir à ta rencontre, te remercier des mots que tu as prononcés pour Rayan et les siens, mais cet imam a tout bousculé avec son islam des cavernes. Une honte ambulante. Loubna a eu un sacré courage. Ça fait beaucoup discuter dans la ville…

Il se montre plus évasif dès que je lui précise le sens de mon appel.

— Je préfère qu'on en discute de vive voix… Aujourd'hui, ça va être compliqué, je n'ai pas une minute à moi… Tu peux venir boire un café demain matin à la maison ?

— Je suis en Normandie toute la matinée. Plutôt au début de l'après-midi… Cité Fougeron ?

— Non, on a déménagé de Courvilliers. Avec ma femme et les enfants, on s'est posés pas très loin sur Paris, dans le nouveau quartier Macdonald, un immeuble qui longe les Maréchaux près de la station Rosa-Parks… On dit quatorze heures ?

En coupant la communication, je réalise que je viens de prendre un rendez-vous sans que l'agenda serré imposé par la marche de la clinique n'entre en ligne de compte. Cela fait des années que je n'ai pas quitté Portejoie, m'abrutissant de travail pour ne pas penser au naufrage de mon couple amoureux, et je me rends compte que la soudaine rupture provoquée par cet intermède thaïlandais vient de remettre en question l'équilibre instable sur lequel repose ma vie. Peut-être lui redonne-t-il un sens par sa gravité. Frédéric n'est pas joignable, et je laisse plusieurs messages sur son répondeur, lui proposant de prolonger le remplacement toute la semaine à venir. La réponse, positive, me parvient sous forme d'un SMS dans la soirée. Il me demande simplement si je peux être présent le jeudi matin. Une intervention délicate sur un étalon du haras des Roches est programmée et elle nécessite une anesthésie générale. L'animal s'est brisé le paturon, un os de la jambe, lors d'une chute six mois plus tôt, et un collègue de Cannes l'a sauvé de l'euthanasie, réduisant la fracture grâce à la pose d'une plaque. Le poids de l'animal, huit cents kilos, et sa vitalité sont venus à bout de la résistance du dispositif métallique qu'il faut remplacer en urgence.

Je repars pour Paris le lendemain vers onze heures afin d'éviter les congestions pendulaires sur l'autoroute, et le GPS me guide de manière millimétrique jusqu'à l'entrée d'un parking du secteur résidentiel greffé depuis peu sur la partie est de la porte de Courvilliers. J'ai souvent arpenté ce qui n'était alors qu'un no man's land : les friches de l'hôpital Claude-Bernard d'un côté du boulevard, et de l'autre l'enfilade des entrepôts bétonnés rythmée par les rampes d'accès des semi-remorques sur lesquelles les gazomètres désaffectés projetaient leurs ombres dentelées. Au coin de la rue de l'Évangile qui partait en ciseau vers les docks de La Chapelle s'étendait un terrain vague cafardeux. Il avait, disait-on, servit de cadre pour les scènes d'ouverture du *Doulos* de Jean-Pierre Melville, quand Serge Reggiani enterre au pied d'un bec de gaz le magot volé à un receleur. Une autre scène de ce long métrage me restait en mémoire, le visage livide d'un cadavre qu'éclairait par intermittence une lampe bousculée accrochée à son fil. Les souvenirs liés au quartier étaient en noir et blanc, tout comme dans le film. La cinéphilie ne semblait pas être le fort des architectes désignés pour la réhabilitation de ce coin déshérité de banlieue, car plus rien ne subsistait de l'atmosphère poisseuse des films noirs. Le soubassement sans fin des entrepôts, probablement classés à l'inventaire des monuments industriels historiques, était maintenant occupé par les enseignes des magasins qu'on trouve d'ordinaire dans les boîtes à chaussures géantes posées au hasard des périphéries. Le socle ainsi travesti avait été rehaussé par des étages d'habitations bariolés, chaque bête de concours y allant de sa façade originale. Quelques centaines d'arbres plantés le long du boulevard de ceinture suffisaient, ainsi que le proclamait une banderole de la région Île-de-France, à décrocher le nom de forêt. Une mare aurait fait un lac. La chenille lumineuse du tramway serpentait en silence au milieu de ce décor factice qui avait au moins le mérite de tripler le prix du mètre carré.

L'appartement occupé par Omar Belaïd est perché au huitième étage sur l'aile d'une bâtisse élevée en avancée au-dessus du faisceau des voies rapides qui filent vers l'est, avec une vue de biais sur la butte Montmartre affligée des dômes en forme de tétines du Sacré-Cœur. Deux TGV passent pendant notre entretien, leur feulement étouffé par les fenêtres à triple vitrage. Il me donne le choix entre quatre dosettes de crus différents avant de les glisser dans le percolateur, Éthiopie pour lui, Brésil pour moi, puis nous nous installons dans les fauteuils, près de la baie vitrée, pour déguster le nectar.

— Tu es ici depuis longtemps ? Ça doit changer de la cité Fougeron…

Il lève la main, le pouce, l'index et le majeur dressés.

— Trois ans. Oui, le quartier évolue jour après jour. Quand on pense à la zone que c'était ! On s'y fait, mais ça va tellement vite qu'on a du mal à suivre le rythme. Le complexe cinéma, les cafés, les restaurants, les écoles, les crèches, les sièges d'entreprises, le RER qui nous met à cinq minutes de Saint-Lazare… Dans deux ans, ils vont ouvrir le campus Condorcet, la bibliothèque universitaire connectée, et c'est toute la jeunesse étudiante qui va déferler. Quinze mille étudiants, des doctorants en sciences sociales, plus leurs profs… Ils vont tout bousculer. Sans parler des jeux Olympiques… Les principales épreuves se dérouleront à moins de deux kilomètres d'ici, en limite de Saint-Denis… On se sent tournés vers l'avenir. C'est du concret, pas une formule. J'ai l'impression qu'ici ils ont engagé une vitesse surmultipliée, alors qu'à Courvilliers c'est plutôt la marche arrière qu'ils ont enclenchée, en direction du mur…

Je repose ma tasse sur la table basse.

— C'est vrai que ça a sacrément changé. J'ai eu l'impression, en y revenant, que je déambulais dans une ville différente de celle que j'avais connue, beaucoup plus dure, presque hostile… J'y ai vécu par intermittence, d'accord, mais les gens se bougeaient ensemble. J'aimais bien ce mélange de quartiers ouvriers, de secteurs un peu voyous, de lieux culturels où on pouvait passer des heures à se tordre le nombril à propos d'une mise en scène d'une pièce de Brecht ou d'un film de Godard… Le maire de l'époque, que tout le monde surnommait le Commandeur, faisait venir sur un claquement de doigts, et pour un public de prolos, les plus grands esprits, les sommités de l'Histoire, de la philosophie.

Un sourire teinté d'ironie passe sur son visage.

— Oui, je vois exactement ce que tu veux dire. J'ai mis longtemps à comprendre…

Il se reprend.

— Non, pas à comprendre, ce n'est pas la bonne expression… Plutôt à admettre que c'était un rideau de fumée. La vie est beaucoup plus simple quand on se ment à soi-même… Beaucoup plus simple. En fait la ville pourrissait sur pied. La mauvaise herbe poussait entre les pavés et on se disait que c'étaient des espaces verts… Les usines fermaient les unes après les autres, les commerces suivaient, et tout ceux qui avaient un peu de fric déménageaient en pressentant la catastrophe. Pendant le règne du Commandeur, Courvilliers a perdu plus de dix mille habitants. Des quartiers ont été littéralement abandonnés tout au long de ces deux décennies quand Montreuil faisait l'exact contraire en attirant les Parisiens, les fameux bobos, pris à la gorge par l'augmentation des loyers et du foncier. À Courvilliers, ils ont créé le ghetto, de manière délibérée… Du logement social à tire-larigot pour maîtriser la sociologie électorale, un abandon du parc privé qui s'est transformé pour partie en terrain de jeux des marchands de sommeil. Pour assurer son pouvoir, le Commandeur a appliqué la règle d'or de tous les politiciens aguerris : s'entourer de médiocres. Avant, ce n'étaient pas des flèches, mais leur dévouement à la cause commune, à la promesse sociale, compensait leur sectarisme. Ils étaient de bonne foi, même dans l'erreur. Les nouveaux ont les défauts des anciens sans avoir hérité d'aucune de leurs qualités.

— Le Commandeur. Je ne me souvenais plus qu'on le surnommait comme ça. Il est toujours aux manettes ?

— Non, il se contente de tirer les ficelles depuis la coulisse. Il a donné les clefs de l'hôtel de ville à Patrick Muletier dont la plus grande des qualités a été d'épouser sa fille. Un type gentil au premier abord, un sourire niais accroché en permanence aux lèvres, affligé d'une timidité maladive, incapable de dire non. Au début, il a rechigné à s'asseoir dans le fauteuil, mais le beau-père lui a forcé la main. Puis le fiston a pris goût aux attributs du pouvoir, il est devenu accro aux éloges des courtisans. Il a enfilé le costume. Sa dernière décision a consisté à faire revaloriser son indemnité de maire de cinquante pour cent.

Tout en parlant, il se déplace pour prendre son portable posé sur le buffet, près d'une menora, ce chandelier juif qui symbolise la présence de Dieu.

— Tu connais le site « Ville idéale » ?

— Non…

Ses pouces s'agitent sur l'écran.

— C'est un espace participatif. Chacun peut donner son sentiment sur son lieu de résidence, noter tous les aspects de la vie collective, les transports, l'enseignement, la culture, l'administration, la propreté, la sécurité, le cadre de vie. Courvilliers est dans le fin fond du classement avec une moyenne de quatre sur dix… Tiens, au hasard, on va regarder le dernier commentaire…

Je saisis le smartphone qu'il me tend. La contribution qu'il me signale attribue une suite de dix, la note maximale, à toutes les catégories.

Une générosité qui s'explique en fait par la nature ironique de l'avis :

> ***Les points positifs :*** *Courvilliers est une ville extraordinaire par la diversité de son offre culinaire. Des centaines de restaurants au barbecue sur les trottoirs avec toutes les saveurs du monde. Le plus : on peut vous faire la vidange de votre voiture pendant la dégustation, l'huile usagée directement déversée dans le caniveau.*
>
> *Ville incroyable par la variété infinie de produits végétaux mis à disposition en provenance du Maroc (Rif), d'Afghanistan, de Colombie. Jamais à court de sensations fortes grâce aux petits commerçants qui livrent 24 heures sur 24.*
>
> *Ville généreuse par tous les trésors que l'on peut trouver sur les trottoirs, jour et nuit, des montagnes d'objets encore utilisables ou réparables et sacrifiés par la société de consommation.*
>
> *Ville accueillante aux marchands de sommeil dont l'activité solidaire permet à des milliers d'exilés de trouver un toit à dix dans un trois-pièces loué à prix d'or mais acheté au rabais par des petits malins grâce aux défiscalisations Pinel.*
>
> *Ville ouverte à toutes les expériences auto-entrepreneuriales comme la récupération de sacs sur les banquettes des voitures dans les embouteillages ou autres activités rentables comme l'arrachage de colliers.*
>
> *Ville pilote dans l'abandon des citoyens par les autorités municipales.*
>
> ***Les points négatifs :*** *Rien de négatif, que du bonheur ! Vive Courvilliers, cité du chou au Moyen Âge et qui aujourd'hui en dégage toujours l'odeur.*

J'accepte le deuxième café qu'il me propose.

— Je vais essayer l'éthiopien cette fois… Pour être franc, je tombe vraiment du placard… Il y a une semaine, en apprenant la mort de Rayan, j'étais loin de voir les choses de cette manière. Entre-temps, j'ai fait des recherches à propos du climat qui règne à Courvilliers, et le moins qu'on puisse dire c'est qu'il est spécialement pesant. On va même jusqu'à brûler les gens dans les restaurants… Ce n'est pas officiel mais je peux t'en parler, l'arme qui a tué Rayan a servi à un règlement de comptes entre dealers, quatre mois plus tôt, à la terrasse du bar Chez Félix. Un mort là encore. Et deux blessés. Il est probable que le dossier d'enquête en Thaïlande finisse dans un placard, et que la police française suive les choses de très très loin sans véritables moyens d'intervention… Cette coïncidence, c'est le seul fil apparent… Je vais essayer de tirer dessus pour voir s'il y a une pelote au bout.

Omar Belaïd s'immobilise, les deux tasses fumantes dans les mains.

— C'est bizarre que tu me parles de la fusillade de la rue des ferrailleurs. Je connais le serveur qui a été blessé. Il est originaire du même village que mon père, Tigali, dans la région de Tizi Ouzou. Pour tout dire, on serait vaguement cousins. Je suis allé le voir à la clinique des Œillets pour lui apporter un peu de réconfort. Il m'a raconté ce qui s'est passé, et dans la conversation il a prononcé le nom de la jeune femme, une employée de mairie, qui a elle aussi reçu une balle perdue dans la jambe. Stéphanie Maumelat. Le hasard veut que ce soit la maîtresse en titre du gendre du Commandeur, Patrick Muletier, dont le couple tangue dangereusement. L'enquête de la police judiciaire s'est logiquement focalisée sur un épisode de la guerre des dealers, mais je me demande si ce n'était pas elle la cible, et si la véritable balle perdue n'est pas celle qui a frappé mortellement le petit voyou.

L'information m'ouvre soudain une perspective inédite.

— Pour quelle raison ? Elle était mariée de son côté ? Un compagnon fou de jalousie…

— Je n'en sais rien. Je peux juste échafauder des hypothèses. Je me suis seulement laissé dire que Stéphanie Maumelat venait de bénéficier d'une promotion canon au service de l'urbanisme. En haut de la pile. Elle occupait ainsi deux endroits stratégiques : son poste et le lit du maire. Ça compte dans une ville qui construit beaucoup depuis qu'elle a obtenu l'implantation de deux gares du Grand Paris et qui se situe dans le premier cercle d'équipements des jeux Olympiques de 2024. Le sport, c'est aussi du béton, il ne faut jamais l'oublier. Et on va en couler des quantités astronomiques pour bâtir des stades, des milliers de logements, des écoles, des résidences étudiantes, des sièges sociaux, des pépinières d'entreprises, des lycées, des équipements sportifs et culturels, une ligne de tramway, un hôpital psychiatrique, la majeure partie d'une université, sa bibliothèque... Pour tous ces projets l'information est décisive, elle pèse des millions. Grâce à elle, les promoteurs deviennent les alchimistes modernes : les terrains pollués de l'ancienne chimie, de l'ancienne sidérurgie, des vieilles raffineries et des cokeries hors d'âge vont bientôt valoir de l'or. Ça excite les convoitises. Elle a peut-être joué avec le feu...

CHAPITRE 8

Nous avons ainsi continué, une heure durant, à remuer nos souvenirs communs de la cité Fougeron, les soirées au bar des footballeurs, les spectacles d'Idir, du compositeur Nicolas Frize, de Djamel Allam, de Marianne Sergent, du rocker Mounsi, de Bernadette Lafont, dans la maison des jeunes du quartier transformée en café-théâtre où, des années plus tôt, Armand Gatti animait un ciné-club en compagnie de Jean-Louis Pays dont le fils, Fred Chichin, avait longtemps traîné dans le secteur sa carcasse dégingandée d'avant les Rita Mitsouko. Alors que notre entretien approche de son terme, je me lève pour me diriger droit vers le buffet où est posée la menora.

— Je ne m'attendais pas à trouver un objet de ce genre chez toi…

Omar écarte les bras, les paumes ouvertes vers le ciel.

— Moi aussi elle me surprend. Elle est là depuis six mois et je ne suis pas encore habitué à sa présence. Ça prend beaucoup plus de place dans le cerveau que dans l'espace…

— Pourquoi tu l'exposes ? C'est décoratif ?

— Non. Elle est belle, c'est vrai, mais ce n'est pas la raison. C'est à cause de ma mère, madame Anna Belaïd, qui vient de fêter ses quatre-vingt-onze ans…

— Oui, je la connais, mais ça n'explique rien…

— Attends… En fait, elle est d'origine alsacienne, un village avec un nom imprononçable du côté de Colmar, mais dès qu'elle a rencontré mon père, c'est comme si elle était née au bled. Après sa mort pendant la manifestation d'octobre 1961, elle est devenue la veuve du martyr pour les Kabyles de Courvilliers. Ils l'ont entourée d'une attention, d'une solidarité de tous les instants. Pas des membres du gouvernement algérien ni des responsables de l'appareil politique, mais des gens ordinaires, les ouvriers de chez Lourdelet ou de chez Franck, les manœuvres des chantiers, les commerçants, les femmes de ménage. Nous, les enfants, on a été happés par l'Histoire, l'ombre de notre père a tout envahi, chaque événement de notre vie passait par le filtre de son absence. C'était le mur porteur et tout le reste reposait sur lui. Le ciel m'est tombé sur la tête il y a six mois… Une voisine de palier marocaine prépare une pastilla exceptionnelle, et j'en avais mis de côté une portion que j'ai apportée à ma mère un dimanche après-midi, sans la prévenir, pour lui faire la surprise. Et là, patatras ! Je la trouve en train de boire le thé avec deux rabbins à papillotes, en caftan noir, chapeau vissé sur la tête, un livre en hébreu ouvert sur la table de la salle à manger… Je suis là, debout, au milieu de la pièce avec mon plat recouvert de papier alu dans les mains à bredouiller un « bonjour messieurs » pas vraiment convaincant. Ils se lèvent, pas très à l'aise eux non plus, et se dirigent vers la sortie à reculons en saluant d'une inclination de la tête, en se bousculant de l'épaule. Dès leur départ, je me tourne vers ma mère pour lui demander des éclaircissements : les rabbins ce n'est pas comme les Témoins de Jéhovah, ils ne sont pas spécialement connus pour recruter des adeptes au porte-à-porte ! Elle commence à m'expliquer qu'ils sont très gentils, très polis, que ce n'est pas la première fois qu'ils viennent la voir, mais qu'ils refusent de comprendre qu'elle ne veut pas revenir dans la religion. Je lui réponds qu'ils ont dû faire une erreur, qu'elle est musulmane, tout comme moi, même si elle ne respecte pas le rituel… Et c'est là qu'elle défait le bouton de sa manche gauche de chemisier, relève le tissu et me montre le numéro tatoué sur son bras ! Je n'ai jamais vu ma mère autrement qu'en robe, recouverte de vêtements. Jamais à la piscine, jamais à la plage… Je savais ce que cela signifiait, ces marques d'un bleu délavé, sauf que c'était tellement incompréhensible, tellement invraisemblable… Je me suis assis, j'ai pris ses mains dans les miennes et j'ai écouté… Sa première phrase disait tout : « Quand je suis arrivée à

Auschwitz, à l'âge de dix-sept ans, j'ai compris que Dieu n'existait pas, après j'ai fait semblant. »

Je m'appuie contre le mur, incrédule.

— Ce n'est pas possible ! Ta mère est juive ? Elle a été déportée à Auschwitz ? Madame Belaïd ?!

— Oui, Hannah Sommer épouse Belaïd. Je ne m'étais jamais interrogé sur cette partie de la famille. Quelques questions sur mes grands-parents maternels, au moment de l'adolescence, avec pour seule réponse un « ils sont tous morts » aussi glaçant que définitif… Je sais maintenant où ça s'est passé… Elle m'a raconté sa rencontre avec mon père, devant la mairie de Courvilliers, au début de la guerre d'Algérie. Il protestait contre des policiers qui voulaient l'embarquer, et elle les a amadoués en prétendant que c'était son voisin, qu'elle le connaissait bien. Ils ne se sont plus quittés pendant près de six ans, avant que d'autres policiers ne les séparent à tout jamais… Une heure plus tard, elle s'est levée pour aller prendre un paquet enveloppé de vieux journaux dans le placard de l'entrée. C'était le chandelier, tout ce qui lui restait de la présence des Sommer en Alsace pendant cinq siècles… Il est là maintenant. Un jour, j'allumerai les bougies… Tu vois, Erik, je suis français, kabyle, algérien, musulman et maintenant juif par-dessus le marché ! Ce n'était déjà pas facile ! On va essayer de faire avec.

Apres l'avoir quitté, je file vers le centre de Courvilliers. Les deux hôtels de la ville refusent du monde, envahis par les supporters d'une équipe de rugby engagée dans un tournoi au Stade de France. Je me rabats sur une sorte de pension de famille installée à proximité des berges du canal, en limite du quartier d'affaires chinois. Elle est pratiquement vide, dédaignée par les amateurs de ballon ovale. Je ne tarde pas à en comprendre la raison. Ce que le patron a oublié de me dire, en me tendant les clefs, c'est que le chantier du métro, en activité de jour comme de nuit, est pratiquement installé sous son établissement. Les vibrations du tunnelier me réveillent en sursaut au petit matin, et je dois attendre pendant deux heures l'ouverture du buffet, un temps que je mets à profit en consultant les sites de location d'appartements. Je réserve sur Airbnb un deux-pièces au rez-de-chaussée d'un pavillon de l'autre côté de la ville pour les nuits suivantes.

Il fait encore sombre quand je remonte à pied vers le centre de Courvilliers, contournant les plots de béton, les tas de gravats, les barrières de travaux qui entravent la marche. Deux voitures de police toutes sirènes hurlantes suivies d'une ambulance du SAMU me dépassent alors que je longe la devanture du McDonald's installé dans un ancien transformateur électrique industriel. Les véhicules s'immobilisent au milieu du carrefour, et les éclairs de leurs gyrophares éclaboussent de bleu aveuglant la façade de la mairie devant laquelle s'agglutinent les groupes compacts de travailleurs qui attendent les bus pour

Paris. Je m'approche, captant des bribes de phrases au passage, prononcées par des gens à la mine grave : « elle a essayé de traverser », « il reculait sans prévenir », « ça devait arriver », « j'ai failli, moi aussi »... À la faveur du déplacement de deux policiers, mon regard effleure le visage d'une vieille femme allongée sur le bitume, immobile, les yeux ouverts, l'épaule droite entourée d'une mare d'un sang qui macule les empreintes en forme de chevrons creusées dans le caoutchouc d'un énorme pneu. En me retournant pour m'extraire de l'attroupement, ma jambe heurte le repose-pied d'une chaise roulante, et je me retrouve pratiquement assis sur les genoux de la jeune femme qui l'occupe. Elle me repousse pour m'aider à me relever.

— Désolée, mais ce n'est pas un tandem...

Je m'excuse en bafouillant.

— Pendant que vous êtes là, vous pouvez m'aider à franchir le caniveau... ? Il est trop haut, il n'y a pas de passage pour nous...

Je place mes mains sur les poignées de la chaise pour lui faire surmonter l'obstacle.

— C'est terrible... Vous savez ce qui est arrivé ?

Elle tord le cou vers l'arrière pour me regarder.

— Je la connaissais de vue, cette dame. Elle passe là tous les matins pour aller au travail. Je crois qu'elle a essayé d'attraper son bus en se faufilant entre les voitures au moment où un camion chargé de terre reculait pour éviter l'embouteillage. D'après ce qui se dit, le pan de son manteau s'est pris dans la roue arrière et l'a entraînée… Elle n'a rien pu faire. Je l'ai entendue crier… C'est absolument effroyable…

Je lui propose de l'accompagner jusqu'à l'endroit où elle se rend pour lui éviter le véritable parcours du combattant que la transformation inorganisée de la ville lui impose. À sa demande, je la pousse jusqu'au distributeur d'une banque qui jouxte le Monoprix. Elle compose son code, range ses billets dans son sac, ajuste la bandoulière pour qu'il se bloque contre sa poitrine.

— J'ai transféré mon compte ici quand ils ont eu la délicatesse de s'équiper d'une rampe d'accès… Une petite pente qui nous permet d'être à la hauteur. J'ai des amis handicapés qui ne quittent pratiquement plus leur logement tellement c'est devenu hostile. Ils achètent sur internet. On n'imagine pas qu'ils laisseraient s'installer un tel chaos dans un arrondissement huppé de Paris… Pour Courvilliers, on ne prend pas de gants, on se montre déjà assez bons, en haut lieu, en s'occupant un peu de nous ! Le mois dernier, j'ai reçu une invitation du maire, monsieur Muletier, pour l'inauguration de la nouvelle bibliothèque… Je suis restée bloquée à trois mètres de l'entrée devant une volée d'une dizaine de marches en compagnie de plusieurs femmes avec leurs bébés dans les poussettes. Pas d'ascenseur. La prochaine fois que je le croise, je lui demanderai de s'asseoir à ma place et de passer une journée à circuler en fauteuil dans sa ville. Juste pour qu'il se rende compte de ce qu'il nous impose.

Elle reprend le contrôle de son véhicule sur l'esplanade du marché pour se diriger vers une salle de sport où elle entretient sa forme, se retournant une dernière fois pour m'adresser un signe de la main avant de rejoindre l'armée des fondeurs de graisse.

Omar Belaïd ne connaissait pas l'adresse personnelle de Stéphanie Maumelat blessée devant Chez Félix, et il m'est impossible de trouver sa trace sur les réseaux sociaux. Je décide de tenter ma chance en me présentant dans les locaux du service de l'urbanisme où elle travaille. Les bureaux occupent une partie des ateliers d'une ancienne usine aux toits en dents de scie que surmonte une gigantesque cheminée de briques rouges au sommet de laquelle une mosaïque blanche indique la date de construction : 1903. À l'intérieur du bâtiment, la verrière du shed inonde le hall d'une lumière blanche qui oblige tout ceux qui le traversent à cligner des yeux. J'allais me diriger vers l'accueil quand une jeune femme d'une trentaine d'années, se déplaçant à l'aide d'une béquille, sort de l'ascenseur, un dossier sous le bras. Je me porte à sa hauteur.

— Vous êtes Stéphanie Maumelat ?

Mon irruption la surprend, une lueur d'inquiétude anime son regard.

— Oui, c'est pour quoi ?

— Je suis un ami de Rayan Zaimien qui a trouvé la mort en Thaïlande la semaine dernière… Vous le connaissiez, je crois ?

— Non, pas vraiment… Nous nous sommes

croisés... Il avait beaucoup d'amis ici et des collègues se sont déplacés pour son enterrement... J'y serais allée si mon état...

Son trouble est manifeste et j'accentue l'avantage procuré par la surprise.

— Vous avez été blessée lors du règlement de comptes près du canal. J'espère que vous vous en remettrez complètement... Rayan a lui aussi été victime d'un règlement de comptes, sur son île... Mais il n'a pas eu autant de chance que vous, il a reçu deux balles à bout portant.

— Je ne comprends pas pourquoi vous me parlez de ça. Il n'y a aucun rapport entre ce qui s'est passé à Ko Phi Phi et les événements de Courvilliers... On lui en voulait personnellement, moi, je me trouvais là par hasard...

Elle m'a répondu avec trop de vivacité pour ne pas avoir saisi tous mes sous-entendus. Je ne lui laisse pas le temps de se ressaisir.

— Vous avez l'air de bien connaître la Thaïlande...

— J'y suis... Mais qui êtes-vous exactement ? Pourquoi est-ce que vous me posez ces questions ? J'ai une réunion, je vais être en retard...

Elle plante l'embout de sa canne en direction de la porte d'un bureau décorée par une affiche de soutien de la ville aux jeux Olympiques. Je la salue d'une phrase qui, en retour, m'attire un regard d'une noirceur intense.

— Au revoir, et mes amitiés à monsieur le maire.

En sortant des services municipaux, je prends

sur la gauche jusqu'aux confins de la ville, à la limite de Pantin, en grillant ma première cigarette de la journée. Il me faut jouer des épaules au milieu des gens pressés qui sortent de la bouche du métro ou qui s'y engouffrent, sollicités par les exilés tunisiens proposant des Marlboro de contrebande, les Pakistanais vendeurs de maïs grillé, de brochettes à la traçabilité douteuse, et aussi par les fourgueurs de shit beaucoup plus discrets. Des pelleteuses démolissent l'ancien cinéma Kursaal. Un peu plus loin, l'immeuble au bas duquel la famille Viola vendait la meilleure charcuterie italienne de toute la région parisienne n'est plus qu'un tas de gravats. J'ai encore en bouche la saveur des pâtes fraîches débitées à la demande qu'on recouvrait d'une sauce maison mijotée dont Sylvia traquait la dernière trace, dans l'assiette, avec sa lichette de pain. J'essaie de me souvenir des commerces qui occupaient une petite rue, sur la droite, et que la rénovation a provisoirement transformée en terrain nu : un café dont le nom ne me revient pas, peut-être Le Réveille-Matin, une pizzeria et sa cave voûtée, une modiste improbable qui exposait des chapeaux sur des figures en bois, une laiterie et sa devanture bleu pastel à l'abandon… Soudain, un cortège d'une trentaine de personnes occupe le carrefour en brandissant des pancartes sur lesquelles on peut lire : « *Adopte un rat, sauve une poubelle.* » Une femme se hisse sur le toit d'un abribus, équipée d'un mégaphone pour s'adresser à l'attroupement qui s'est formé :

— Chaque année, des millions de rats sont abandonnés à leur triste sort dans les rues et immeubles de Courvilliers. Les travaux de rénovation, le percement d'une nouvelle ligne de métro, le déplacement des égouts les dérangent dans leur vie routinière. De manière tragique, la mairie de Courvilliers n'accorde aucune attention à ces habitants, ne fait bénéficier ces aimables créatures d'aucune sollicitude. Il est temps d'agir ! Adoptez un rat solitaire. Et soulagez les conteneurs, les poubelles de notre belle ville de Courvilliers.

Je tends l'oreille pour saisir la conversation d'un passant avec celui qui semble coordonner l'action des manifestants.

— On est envahis par des armées de rats depuis plus d'un an. Personne ne fait rien. Les autorités restent sourdes à nos appels de détresse. J'en ai retrouvé un dans la baignoire de ma salle de bains, au troisième étage. Il est monté par les canalisations… Dans la cité d'à côté, ils ont pris la décision de condamner les vide-ordures, mais depuis une partie des locataires balancent leurs déchets par la fenêtre, et les gaspards viennent profiter du restaurant en plein air ! Le maire est responsable de l'hygiène publique, de l'état sanitaire de la ville, mais il laisse faire comme pour le reste.

Un passant s'adresse à moi dans mon dos, m'obligeant à me retourner. L'homme, une quarantaine d'années, est vêtu d'un jogging et chaussé de baskets, les écouteurs d'un casque enserrent son cou. Son visage ne m'est pas inconnu mais, là encore, impossible de mettre un nom sur ses traits. Il me tend la main.

— Bonjour, Erik… Tu te souviens de moi ?

Je jette mon mégot dans l'eau courante du caniveau.

— Oui, vaguement… mais je ne sais plus où on s'est vus, excuse-moi…

— Il n'y a pas de mal… Cyril Marleau. Je traînais à la cité Fougeron, avec Rayan et les copains de l'équipe de foot, puis après je suis parti à Toulouse. J'ai joué dans l'équipe pro qui a été promue en Ligue 2 et en Ligue 1 dans la foulée.

Je recolle les morceaux.

— Exact ! Ensuite, tu es passé par le Red Star…

— Oui. Une saison, mais ça reste un bon souvenir… Maintenant, je donne un coup de main aux entraîneurs du club de Courvilliers. On va peut-être réussir à accrocher la Division d'Honneur si on continue sur la lancée… Je faisais un tour aux ateliers municipaux tout à l'heure quand tu discutais avec la nouvelle directrice de l'urbanisme. Je venais prendre des nouvelles d'un permis de construire que j'ai déposé le mois dernier. C'était un peu tendu avec la directrice, non ?

— Disons que j'ai l'expérience de premières rencontres plus tranquilles. Elle est toujours comme ça, ou c'est depuis son accident ?

Il rit d'une manière un peu forcée, les épaules tressautantes.

— Tu parles d'un accident ! Avec eux, ce n'est pas la peine de s'énerver. La marche des dossiers, c'est comme le parcours du combattant, il faut mettre de l'huile dans les rouages, tu comprends ce que je veux dire ?

Il illustre son propos en frottant son pouce contre son majeur. Nous allons nous asseoir à la terrasse de La Minute pour prendre un café, croisant trois policiers, deux hommes et une femme, qui remontent l'avenue juchés sur de superbes chevaux alezans, disposant d'une vue imprenable sur la manifestation et les trafics.

— Tu n'es pas le premier à me dire qu'elle n'a pas obligatoirement été victime d'une balle perdue, mais on m'a plutôt suggéré que la fusillade pourrait être liée à une histoire de couple.

Il sort un minuscule distributeur de sucre de synthèse de la poche de son jogging pour le remuer au-dessus de sa tasse.

— On en discute tellement en ville qu'on en arrive à s'y perdre. Moi, dès l'instant qu'il n'y a pas le commencement d'une preuve, je classe directement dans la rubrique « rumeur ». Mon hypothèse, au contraire, repose sur du lourd, du très lourd... La construction du vélodrome prévu pour les épreuves de vitesse cycliste des prochains jeux Olympiques...

Je ne me suis jamais passionné pour les exploits de l'équipe locale de football, et je ne m'intéresse que de très loin aux péripéties de la désignation de la ville hôte des JO.

— Ils vont la mettre où leur piste ? À Courvilliers ?

— Normalement c'est ce qui était prévu : elle devait occuper les terrains d'un ancien dépôt d'hydrocarbures transformé en fourrière, le long du canal. Sauf qu'il y a eu un gros problème. La surface, environ quatre hectares, était réservée depuis plus de dix ans. La décision de la geler datait, si je me souviens bien, de la candidature malheureuse contre Londres sous le règne de Bertrand Delanoë. Dans ce laps de temps, d'autres projets ont tout bousculé, dont celui du métro automatique. Ce qu'on appelle le Grand Paris. L'une des lignes principales, la numéro 15, passe dans le secteur, à vingt mètres de profondeur. Elle doit relier la mairie de Courvilliers à Pleyel, sur Saint-Denis, qui va devenir la plus grosse gare interconnectée de toute la région parisienne. Il y a eu une enquête publique, à partir des tracés, avec de belles expositions de plans en couleurs, des journaux réalisés par le service de l'urbanisme, et dans la foulée le conseil municipal sous la houlette du maire, Patrick Muletier, a tout approuvé par un vote à l'unanimité… Tout était parfait, à part un petit problème qui n'a pas échappé aux voisins de la mairie de Saint-Denis…

Il refuse la cigarette que je lui offre.

— Le système d'aération ! Quand on tire sur une clope, à un moment il faut bien rejeter la fumée, non ? Eh bien pour les métros, c'est pareil. Si la ligne 15 était bien en bordure du terrain, les équipements techniques nécessaires au traitement de l'air empiétaient largement sur la surface retenue pour le vélodrome. Il devenait impossible de construire les étages de parkings en sous-sol. Comme tout était bouclé, il a fallu faire glisser le plan vers une parcelle libre, cent mètres plus loin, près du Stade de France, sur le territoire de Saint-Denis. Un égout où se déversaient tous les résidus du temps des hydrocarbures. Le coût de la dépollution va faire grimper la facture. Et les commissions dans le même mouvement. D'après ce qui se murmure avec insistance, Stéphanie Maumelat était à la manœuvre, et certaines personnes ne lui auraient pas pardonné ce tour de passe-passe.

Je fais un signe au serveur pour régler les consommations.

— Avant de quitter son service, je lui ai demandé si elle connaissait la Thaïlande, mais elle ne m'a pas répondu ou plutôt elle s'est reprise…

— Il fallait pousser la porte de son bureau… On la voit en photo sur une plage de rêve en compagnie des habitués…

CHAPITRE 9

L'après-midi je sillonne la ville sans but précis, et mes pas me portent vers l'ancien quartier espagnol où les vaincus de la guerre civile ont trouvé refuge par milliers, après la victoire du général Franco, trois quarts de siècle plus tôt. Au cours des décennies suivantes, les exilés de Valence, de Barcelone, de Salamanque ont peu à peu cédé leurs masures édifiées dans l'ombre des murs d'usines à des réfugiés poussés par d'autres guerres, d'autres misères. Algériens, Portugais, puis Maliens avant que Turcs et Pakistanais n'ajoutent le récit de leurs déchirements à la longue histoire des convulsions du monde. Les bulldozers s'acharnent aujourd'hui à effacer les décors branlants de leurs derniers refuges. Place aux Jeux. Le dédale des rues du bidonville est encore lisible sur le terrain maintenant nu, et seuls quelques vestiges, un escalier en bois, une rambarde, l'enseigne d'un hôtel sans étoiles, témoignent du passage des invisibles. De nouveaux bâtiments poussent dans le no man's land, faisant la jonction avec ce qui a pu être conservé, rapidement réhabilité, mais c'est comme si la malédiction qui pèse sur ces lieux ne pouvait être contrariée : le neuf de gamme moyenne se fond à l'ancien, au décrépit, sans que ce dernier ne parvienne à retrouver une seconde jeunesse. J'oblique vers une place minérale bordée par un centre social, une antenne de la bibliothèque, une annexe de Pôle emploi, et traversée par des scooters dont les roues arrière, en dérapant sur la terre, font naître des nuages de poussière. Assis sur un banc, un jeune type fait admirer à ses copains un python ocre jaune repu dont le corps paresseusement enroulé, trois mètres à première vue, repose près de lui.

Une femme qui passe près de moi se fige en apercevant le reptile. Sa voix tremble, s'étrangle.

— Je ne supporte même pas d'en voir un ! Ça me paralyse, ça me coupe le souffle… Il peut sauter sur nous.

— Non, rassurez-vous. C'est impressionnant, mais celui-là, il a le ventre plein, il est endormi pour plusieurs jours… Vous pouvez me faire confiance, je suis vétérinaire.

— Vous êtes sûr ?

Je lui tends la main.

— Je peux vous aider à passer devant… Il n'y a aucun risque.

Je l'accompagne jusqu'au seuil du centre social, et nous bavardons pendant quelques minutes. Elle me confie qu'on lui a enfin attribué un logement dans une résidence du quartier après cinq ans d'attente, pour elle et ses deux enfants. Si l'appartement lui convient ainsi que la proximité de la gare du RER, rien d'autre ne trouve grâce à ses yeux. Trafic de drogue, pitbulls en liberté, bornes à incendie transformées en geysers, caves systématiquement pillées, vols de portables à l'arraché, de sacs à main, de colliers, de boucles d'oreilles, de bracelets, dépôts permanents d'ordures sur les trottoirs, insalubrité générale, école en perdition… Pour appuyer ses dires, elle va chercher son smartphone au fond du pochon qu'elle tient à bout de bras.

— Depuis que je me suis fait agresser, je ne prends plus de sac à main pour ne pas attirer les voleurs… Tenez, regardez… C'est un extrait d'une émission de France 2. Ils sont venus faire un reportage à Courvilliers pour *Envoyé spécial*… C'est tourné à cent mètres d'ici…

Je saisis l'appareil entre mes doigts, appuie sur la flèche de lancement du sujet. La caméra filme une portion de la rue du Landy qui traverse l'ouest de Courvilliers en direction de Saint-Denis. Un micro à haute résolution capte les sons émis à plusieurs dizaines de mètres de l'équipe de tournage. On distingue plusieurs mécaniciens penchés sur les entrailles de voitures stationnées le long du caniveau ou garées sur les trottoirs défoncés, la pauvre végétation imbibée d'huile de vidange. Soudain, une voiture de police entre dans le champ, roulant au ralenti, pour s'arrêter devant les réparateurs.

L'un des policiers fait descendre la vitre de la portière.

— Qu'est-ce que vous foutez là ?! Vous ne savez pas que c'est interdit ?

Une tête émerge de sous un capot.

— Non, mais à côté ils bossent comme nous et vous ne leur dites rien ! Pourquoi nous ?

— C'est normal, ils sont de l'autre côté de la frontière. Là, vous êtes à Saint-Denis : il y a un arrêté municipal contre la mécanique sauvage. À dix mètres, c'est Courvilliers, et ils n'ont pas pris d'arrêté, donc c'est toléré... Bougez-vous ou on verbalise...

Je lui rends son téléphone.

— Comment ça se fait ? C'est délirant ! Il y a une explication ?

— On est abandonnés... Les mécanos habitent dans le foyer de la rue des Jeunettes, de l'autre côté de la rue... Il paraît qu'ils votent tous comme un seul homme pour le maire. Ce serait une façon de les remercier, de leur fournir du travail.

Après avoir mangé une brochette kefta accompagnée d'un taboulé chez un libanais, je remonte vers le centre-ville afin de récupérer ma voiture et m'installer dans la location dénichée sur Airbnb. La maison se cache à mi-chemin de la mairie et de la cité Fougeron, au cœur d'un quartier pavillonnaire dont toutes les rues portent le nom d'un poète. Verlaine, Baudelaire, Rimbaud, Lautréamont... Je loge chez Alfred Jarry, et le propriétaire m'accueille en personne devant la porte ornée d'un dessin représentant le père

Ubu. Je dispose d'une chambre, d'un salon, d'un coin cuisine et d'une salle de bains équipée. Plus une place à l'abri dans le garage attenant. Une porte du salon ouvre sur un verger planté de cerisiers, de pêchers, de pommiers, de poiriers et d'un olivier aux branches chargées de fruits. Il remarque mon étonnement.

— C'est la variété 9.3… J'ai une bonne récolte tous les ans. Cinq kilos au minimum. Je prépare moi-même la saumure, des olives de Seine-Saint-Denis aromatisées à l'orientale… Je l'ai fait pousser près du mur du fond. Dès que le soleil donne, le plâtre accumule la chaleur, surtout en hiver. Il la restitue la nuit. Jamais de gelées. C'est bon pour l'olivier… Bientôt, avec le réchauffement climatique, je vais pouvoir me lancer dans la culture des agrumes, orange, citron. Et pourquoi pas les pamplemousses roses de Floride si on passe à trois degrés supplémentaires…

Je souris en m'inclinant pour caresser la femelle épagneul breton noir et blanc qui ne le quitte pas d'une semelle.

— J'ai un ami qui a la même… Elle s'appelle comment ?

— Princesse… C'est une silencieuse, mais elle essaie toujours de s'incruster. N'hésitez pas à la mettre dehors même si elle vous fait ses yeux de chien battu.

La douche à l'italienne se montre parfaite pour me débarrasser de la poussière et du découragement récoltés au cours de la matinée. Je m'installe ensuite sur une petite table de bistrot, dans le jardin, le temps de prendre des notes sur tous les contacts, tous les échanges que j'ai eus depuis mon passage éclair à Phuket, accompagné dans ma tâche par les chants des oiseaux, les vols d'approche des mésanges charbonnières. Un rouge-gorge montre son bec… Dans l'après-midi, je me décide à faire quelques courses au petit centre commercial de la Rotonde au milieu duquel éclate la façade rouge sang d'une boutique surmontée de l'enseigne géante « Boucherie musulmane » en réserve blanche. Les deux mots accolés me font immédiatement penser à la tuerie des journalistes de *Charlie Hebdo*, un journal que je continue d'acheter pour la chronique animalière de Luce Lapin. La boucherie aurait pu se contenter d'être halal, mais il faut encore que le steak se soit converti. Si un boucher traditionnel s'offrait un néon proclamant « Boucherie catholique », il ne me ferait pas davantage acheter sa viande, mais me rappellerait immanquablement l'Inquisition ou le massacre de la Saint-Barthélemy.

Les sirènes des voitures de police saturent l'espace sonore tandis que j'approche du centre-ville. Une colonne d'une dizaine de soldats de l'opération Sentinelle contourne l'église au pas de charge, les mains plaquées sur leurs armes, un doigt engagé dans le pontet. Je ralentis. La place de la mairie a été évacuée de la centaine de personnes qui l'occupaient en permanence, les terrasses des cafés ont été vidées, les familles repoussées derrière le manège et le stand du vendeur de confiseries, les administrés ainsi que le personnel communal confinés derrière les baies vitrées de la mairie, les badauds retenus par un cordon de policiers, et les dix types au bout du rouleau qui ont élu domicile sur les marches usées de la chapelle regroupés près des grilles du petit square. Les militaires traversent l'esplanade pour venir prendre position de part et d'autre d'un des immeubles qui font face à l'hôtel de ville, pointant les canons de leurs armes vers les fenêtres du premier étage. Ils les abaissent lentement quand la porte à double battant du bâtiment s'ouvre et que deux de leurs camarades s'avancent, cagoulés, encadrant un homme dont la tête est cachée par une couverture verte. Les téléphones portables des badauds brandis au-dessus de la foule mitraillent la scène, émettant leurs messages par centaines. L'immeuble est aussitôt investi par des policiers qui procèdent à sa sécurisation, tandis que le prisonnier maintenant invisible au cœur de la nuée de soldats décidés qui l'entourent est dirigé vers le convoi de fourgons stationnés tout au long de la rue des Minotiers. Des hommes en civil, un brassard rouge passé sur la manche du blouson, vont d'un groupe à l'autre, répercutant des ordres reçus sur leur téléphone portable. Pendant ce temps, le SAMU évacue de l'immeuble perquisitionné une personne à laquelle on prodigue des soins sur la civière mouvante où elle est allongée. Je reste planté là, à observer la scène, jusqu'au départ des hommes en armes, puis j'entre dans le bar-tabac où, accoudé au zinc, je commande un café serré au barman chinois. Si certains habitués paraissent indifférents à ce qui vient de se dérouler, continuant à remplir des grilles de Loto, à gratter les cartes du bonheur, à supputer les chances d'un crack à la réunion de Vincennes ou à celle de Longchamp, la majorité des consommateurs commentent les événements, pianotent sur le clavier de leur téléphone à la recherche de la dernière information. Plusieurs personnes ont cru reconnaître l'homme arrêté quand la couverture a glissé de sa tête au moment où il était poussé dans une camionnette, mais les avis divergent, elles ne s'accordent pas sur son identité. Trois, quatre noms circulent avant que la confirmation ne tombe sur le site d'une chaîne d'info à jet continu. Les réactions fusent de tous côtés.

— Ils ont mis sa photo… C'est Farid, celui qui habite au-dessus de la pizzeria… Ils disent qu'il a pété les plombs.

La tchatche reprend aussitôt ses droits :

— Il a surtout failli en prendre !

— J'espère qu'il n'a pas fait de conneries…

— Pourquoi ?

— La poisse ! Il bosse à la mairie, il m'avait promis de me faire embaucher !

— Parti comme il est, il va peut-être te trouver un taf à la Santé.

— Je ne voulais pas m'avancer, mais j'étais sûr que c'était lui… Sûr à cent pour cent. Sauf que moi, je ne balance pas un nom comme ça, au hasard…

— C'est pour moi que tu dis ça ? C'est moi qui balance ?

Je me lasse assez vite de la joute oratoire et vais m'asseoir sur la moleskine rouge, un peu à l'écart de l'agitation, impatient de procéder à mes propres investigations à propos de la scène que je viens de vivre. La nouvelle de l'intervention musclée de Courvilliers fait la Une de tous les fils internet des quotidiens, des stations de radio, de télévision, des agences de presse, relayée également par les réseaux sociaux et l'écume autoreproductrice de leurs commentaires. Chaque rédacteur y va de son infime variation sur le canevas imposé, mais les faits vérifiés tiennent en quelques lignes. Ce jour, à seize heures trente, dans le quartier de la mairie de Courvilliers, les forces de police ont arrêté un dénommé Farid Sayane, trente-huit ans, de nationalité française, marié, deux enfants, employé municipal, alors qu'armé d'un couteau il menaçait de mort l'un de ses voisins.

Mon regard glisse sur la photo de l'inconnu avant que je la fasse revenir sur l'écran et que je l'agrandisse d'un effleurement du bout du pouce et de l'index. Il me faut plusieurs minutes de concentration sur les traits de l'individu pour en retrouver la trace dans ma mémoire. Je me mets à fouiller dans l'album photo de mon smartphone, faisant dérouler les dizaines de clichés pris lors de mon voyage en Thaïlande, ralentissant le défilé sur les séquences réalisées dans la maison dévastée de Rayan, sur l'île de Ko Phi Phi. Je me revois furtivement près de Sylvia, dans les temps préservés, puis la photo de groupe retrouvée par terre, celle où une dizaine de fêtards brandissent des verres d'alcool dans une boîte de Phuket, se stabilise. Je grossis les visages un à un jusqu'à ce que celui de Farid Sayane occupe toute la surface. Je m'extirpe du bar-tabac, aussi loin que possible des oreilles traînantes, pour passer un coup de fil à Omar Belaïd, le juif kabyle fils de martyr.

— Tu sais quelque chose à propos de ce Sayane… ? Je crois qu'il apparaît dans le cercle de Rayan…

— Excuse-moi, mais j'intervenais dans une école à La Courneuve. Je viens tout juste d'avoir l'info… Le Sayane en question est un voyou, un sac à embrouilles spécialiste de la bagarre de chiffonniers… Je me suis toujours arrangé pour passer au large. Le mieux, pour savoir de quoi il retourne à son sujet, c'est de te mettre en rapport avec Richard Guelmi, un ancien conseiller municipal d'opposition. Il a tenté de faire la lumière sur ce qui se passait à Courvilliers, et il s'est fait éjecter par ses propres amis. Je t'envoie un SMS dans la foulée avec sa fiche de contact…

La vie a rapidement repris son cours sur l'esplanade, excepté devant l'immeuble où l'altercation puis l'arrestation ont eu lieu. L'entrée est maintenant inaccessible, gardée par deux hommes lourdement armés, le torse protégé par un impressionnant gilet pare-balles. Je compose plusieurs fois le numéro transmis par Omar, mais il ne répond pas. Je finis par laisser un message. Pour passer le temps, je pénètre dans le hall de la mairie qui accueille une exposition consacrée à l'avenir de la ville. Visuels de projets, maquettes, affiches, vidéos en boucle… La pensée du maire, en caractères italiques gras et en français approximatif, fait le lien entre tous les panneaux explicatifs :

Je m'attacherai à ce que chacun et chacune trouve toute sa place au sein de notre belle ville, une ville où il fait bon vivre. Comme vous le savez, cela suppose de garder le caractère d'accueil pour celles et ceux qui souhaitent venir tout comme de permettre à celles et ceux qui y vivent de pouvoir y rester et y poursuivre leur personnel projet de vie. Courvilliers peut, par ailleurs, se vanter d'avoir un vrai centre-ville dynamique, animé mais apaisé, qui doit demeurer un élément central du vivre ensemble. Votre maire, Patrick Muletier.

Je m'apprête à ressortir quand une bonne partie des gens qui m'entourent s'immobilisent, le regard braqué sur l'écran de leur téléphone. Intrigué, je remets le mien en service. L'altercation provoquée par Farid Sayane vient d'être requalifiée en attaque terroriste, l'employé municipal, selon le témoignage de sa victime, étant affublé d'une tenue de l'État islamique au moment où il proférait ses menaces de mort. Je n'ai pas encore terminé ma lecture que la sonnerie retentit.

— Monsieur Ketezer ? Richard Guelmi à l'appareil. J'ai eu votre message. Vous cherchez à me joindre…

— Oui, c'est un ami, Omar Belaïd, qui a eu la gentillesse de me donner votre numéro… Nous connaissions tous les deux Rayan…

Il soupire bruyamment.

— Pauvre garçon… J'ai appris ce qui lui est arrivé… Je pense à sa mère, Sakina. Il n'y a rien de plus terrible que de perdre un enfant… J'étais en province le jour de son enterrement… C'est à son sujet que vous voulez me voir ?

— Indirectement. On peut se rencontrer en fin de journée ou plus tôt si c'est possible ? Moi je suis libre dès maintenant. Vous êtes sur Courvilliers ?

— Oui, cité Gagarine, en remontant l'avenue de la Liberté vers Pantin. Je suis handicapé et je ne peux pas descendre. J'habite au onzième… Le problème, c'est que les ascenseurs sont en panne depuis une semaine. Il va falloir vous appuyer la corvée des étages…

— J'ai besoin d'exercice…

Il en profite pour me demander de lui apporter quelques conserves, des bouteilles d'eau, de lait, ainsi qu'un sac de litière et de la pâtée pour son chat. Le bâtiment qui se voulait probablement futuriste, quatre ailes delta accolées en forme de pyramide, est posé au milieu d'un essai de place, d'agora, qui n'a pu être transformé. Des groupes d'habitants se dirigent, comme toutes les fins de journée en semaine, vers l'îlot central pour vérifier le contenu de leur boîte aux lettres avant de se casser le nez sur les portes hermétiquement closes des ascenseurs. Dans le hall, des porteurs proposent leurs services pour hisser les sacs de courses et même gravir les escaliers avec les plus faibles sur leur dos. Je me lance prudemment dans l'ascension, économisant mon souffle, faisant une pause tous les trois étages, doublant une grand-mère accrochée aux épaules de son monte-charge individuel, tandis que des gamins se défient au skate dans les coursives sans fin. Parvenu au onzième, j'enfonce le bouton de la sonnette de l'appartement. Richard Guelmi m'ouvre et me précède dans le couloir de son appartement aux commandes de son fauteuil roulant électrique. Je pose le sac de courses sur la table.

— Merci pour le ravitaillement ! C'est vraiment gentil de votre part. Ma fille doit m'apporter de quoi tenir une semaine supplémentaire, mais elle ne peut venir qu'après-demain… Passez dans la salle à manger pendant que je fais demi-tour. J'ai sorti des bières…

CHAPITRE 10

Richard Guelmi me sert près de la moitié d'une bouteille d'un litre, avec juste ce qu'il faut de mousse compacte, dans un bock souvenir de Wintzenheim décoré d'une Alsacienne. Une cigogne figure sur le sien qui provient de Niedermorschwihr. Nous trinquons.

— C'est brassé artisanalement avec des produits du terroir. Elle se boit sans limite. Je la fais venir de là-bas.

Avant de pouvoir passer aux choses sérieuses, je l'écoute me dresser l'interminable liste des doléances des locataires de la cité Gagarine.

— Elle porte le nom du premier homme dans l'espace, mais nous on est traités comme les derniers de l'espèce ! L'année passée la chaudière a rendu l'âme entre Noël et le jour de l'An, un égout s'est bouché au printemps avec des remontées dans les bacs de douche, les baignoires, les cuvettes des toilettes… Les caves ont été inondées. Là, c'est tous les services d'aide à la personne qui ont baissé les bras. Plus de toubibs, plus d'infirmières, plus de livraisons… Vivement le règne des drones ! Ils vont peut-être arriver à soulever un fauteuil roulant… Mais je ne vais pas vous casser les oreilles avec ça ! Qu'est-ce que vous vouliez savoir à propos de Rayan ?

Je lui présente mon smartphone avec la photo de la boîte de Phuket plein écran.

— La famille m'a chargé de ramener le corps, et quand j'étais sur place j'ai rassemblé quelques bribes de souvenirs dont ce cliché. Tout est bloqué. La police thaïlandaise s'est débarrassée du problème, et les autorités françaises pilotent l'enquête à distance, sans trop de conviction. On voit Rayan, là, et près de lui quelqu'un dont j'ignorais l'identité ce matin encore. Il vient d'être arrêté, pas plus tard que cet après-midi, pour tentative d'agression à caractère terroriste. D'après les journalistes, il s'appellerait Farid Sayane. Omar m'a dit que vous aviez sûrement des informations sur son compte…

Il vide la moitié de son verre, d'un trait.

— Oui, et il est plutôt fourni… Pour être franc, ce qui m'a le plus étonné, ce n'est pas son arrestation mais son ascension sociale fulgurante. Ils l'ont bombardé à la tête du principal service municipal, avec plus de trois cents personnes sous ses ordres, et cela sans qu'il puisse produire le moindre diplôme, sans concours, sans mise en concurrence ! Son seul CV, c'est son casier judiciaire… C'est passé comme une lettre à la poste. Personne n'a moufté ! Pour moi, il symbolise vraiment ce qu'est devenue cette ville. Le royaume du piston, du passe-droit, du clientélisme, de l'abaissement moral.

J'interromps sa diatribe.

— Il existe pourtant des règles dans l'administration communale, non ? On dit même qu'elles sont assez strictes. Comment c'est possible ?

— Vous avez raison, mais pour comprendre la manière dont la catastrophe est survenue, il faut commencer par le commencement. J'ai été élu conseiller municipal de Courvilliers sous le dernier mandat du Commandeur, en 2008, puis ma délégation s'est poursuivie quand il a laissé la place à son gendre, Patrick Muletier, trois ans plus tard, soi-disant pour raison de santé. J'étais inscrit comme « personnalité locale » dans la majorité d'Union de la gauche qui a explosé en 2014 lorsque le Parti socialiste conduit par le député Paul Lesauveur a tenté de prendre la mairie aux communistes. Les socialistes ont perdu de justesse : si je me souviens bien l'écart était de moins de trois cents voix… Je ne faisais partie d'aucune des deux écuries. Personne n'a voulu de mon fauteuil roulant à l'époque, et pour être franc je ne voulais de personne non plus ! Je me contentais de mon poste d'observation. L'élection de mars 2014 est capitale pour comprendre ce qui se passe aujourd'hui à Courvilliers, une vraie grille de lecture… C'est là que tout s'est joué. La dynamique était alors du côté de Lesauveur, et Muletier, qui avait hérité du fauteuil de maire en cours de mandature, était terrorisé à l'idée de perdre le bastion légué par son beau-père, de retomber dans le rôle de l'incapable dont il avait eu tant de mal à se défaire...

Je prends une grosse poignée de chips dans la coupelle.

— Vous voulez dire qu'il n'a pas les épaules ?

— Si vous placez la virilité à cet endroit, ma réponse est « oui » ! L'âge venant, le Commandeur voulait prendre du champ tout en continuant à tirer les ficelles, à disposer des facilités financières et administratives d'un appareil municipal. Il avait besoin d'une marionnette de confiance. Muletier en l'occurrence. J'étais présent lors de la soirée où la passation des pouvoirs s'est décidée. On fêtait les trente ans du conservatoire de musique et la salle était pleine à craquer. Tout ce qui compte à Courvilliers était présent, avec une brochette de personnalités au premier rang, comédiens, chanteurs, étoiles filantes de la politique, anciens ministres, qui se succédaient, sur scène, pour célébrer la personnalité éblouissante du Commandeur. Le but de la manœuvre consistait à faire monter le gendre pour qu'il prononce le discours final lui ouvrant les portes de la mairie. Ma maladie en était encore à ses débuts, et je me tenais un peu en retrait, dans les coulisses. Patrick Muletier était terrifié à l'idée de monter sur le plateau devant un bon millier de personnes. Ses mains tremblaient, et il suppliait son beau-père de lui épargner cette épreuve. Le Commandeur a alors été pris d'une colère aussi soudaine que violente : « Tu vas faire ce que je te dis de faire, tu as compris ? Tu vas monter sur scène immédiatement ! Allez, avance... » J'ai vu le futur maire progresser vers la lumière crue des projecteurs, les larmes aux yeux, tandis que la salle de son baptême applaudissait à tout rompre... Sa manière de gérer la ville est dans le droit-fil de cette anecdote originelle, la capitulation devant l'expression de l'autorité, qu'elle soit légitime ou non.

Je me manifeste, pensant à tort qu'il a perdu de vue le cas de Farid Sayane. Il me rassure.

— Un peu de patience, j'allais y venir... Lesauveur, le député socialiste qui faisait partie de la majorité, a avalé des couleuvres jusqu'au terme de la mandature, puis il a décidé de concourir sous ses propres couleurs en 2014. Il avait un boulevard devant lui. Muletier était tellement discrédité que personne ne misait un kopeck sur sa réélection. Pourtant, c'est lui qui l'a emporté haut la main, avec trois cents voix d'avance.

— Comment vous l'expliquez ?

Il se ressert un bock après avoir ouvert la deuxième bouteille de bière artisanale.

— Il y a deux raisons principales à ce résultat. Le retour du suffrage censitaire dans cette partie de l'ex-banlieue rouge, et les méthodes mafieuses suscitées par la disparition de la démocratie locale... Courvilliers compte aujourd'hui près de 90 000 habitants et il devrait y avoir, normalement, près de 60 000 inscrits sur les listes électorales. On n'en compte même pas la moitié. Pour les municipales, l'abstention est montée à plus de 60 %, soit

12 000 voix que se sont partagées les trois listes en présence. Celle du Front de gauche, celle du Parti socialiste et une liste d'union de la droite. Lesauveur est arrivé en deuxième position avec 40 %, talonnant la liste du maire sortant qui totalisait un point de mieux, tandis que la droite était éliminée avec moins de 20 % des suffrages. Pour le deuxième tour, c'était réglé comme du papier à musique : les électeurs de droite se reportent en règle générale pour moitié sur le candidat socialiste, tandis que l'autre moitié va à la pêche. Sauf à Courvilliers qui a défié les lois de la mécanique électorale, la droite votant majoritairement, en apparence, pour la faucille et le marteau ! Muletier a pris l'écharpe d'une courte tête, avec 6 000 voix. Il représente un peu moins de 7 % de la population de la ville… Une misère…

— Ils ont bourré les urnes ?

Il lève les bras au ciel, les fait retomber sur les accoudoirs de son fauteuil.

— Non, plus personne ne s'y risque, c'est devenu trop dangereux avec les téléphones portables, les caméras GoPro… C'est là que notre ami Farid Sayane fait son entrée… Trois mois avant le premier tour, l'entourage de Muletier a pris conscience qu'il allait à l'abattoir. Ses conseillers l'ont persuadé de jouer la dernière carte qu'il avait encore dans sa manche : l'alliance avec la pègre de Courvilliers et des alentours. Il paraît que le Commandeur a tenté de les en dissuader, puis il a fini par laisser les choses suivre leur cours. Pour nouer les contacts, ils ont fait appel à Pascal

Ochaulla, un type condamné pour faux et usage de faux au détriment de la ville de Boisy-en-France…

Le simple fait d'entendre mentionner le nom d'Ochaulla provoque une sorte de vibration en moi, semblable à une décharge électrique. C'est sur ce nom gravé dans la pierre d'une plaque tombale tout juste posée que Sylvia avait pissé, des années plus tôt, provoquant son placement d'office dans un établissement psychiatrique normand à la demande de sa propre famille.

— Qu'est-ce qu'il avait fait exactement ?

— Il avait falsifié son CV, s'était inventé des diplômes, des réussites à des concours, et tout ça avec la complicité du maire de Boisy. C'est la responsable du syndicat CGT qui s'en est aperçue et qui a porté plainte contre le directeur général des services. Je crois que tout est parti d'une banale histoire de harcèlement… Ochaulla a perdu son procès en première instance puis en appel. Il a dû rembourser une partie des salaires, ainsi que les loyers des appartements de fonction où il logeait ses maîtresses. Je me suis laissé dire que les habitants avaient surnommé la tour où elles logeaient l'escalier des suceuses. Pas loin de cent mille euros qu'il a dû allonger, au total. Le profil idéal ! Ochaulla promettait une victoire nette et sans bavure à Muletier en échange de son embauche à la tête de l'administration communale, de l'effacement des ardoises liées à ses procès perdus, de la mise au chaud de ses lieutenants et de l'attribution de logements à ses nécessiteux… En gros, il plaçait ses pions pour profiter de considérables retombées dans une ville située en plein cœur du périmètre des futurs jeux Olympiques.

— Les risques étaient énormes, ça pouvait leur exploser à la figure à tout moment. Il s'y est pris comment ?

— La bonne vieille méthode du quadrillage. Ils ont divisé la commune en une dizaine de secteurs, et les hommes de terrain ont fait remonter pour chaque périmètre la liste des besoins exprimés par les populations les plus fragiles… En clair, l'inventaire des groupes, des individus, prêts à céder aux sirènes du clientélisme. Toutes les options étaient ouvertes. Ils ont ramassé trente voix en promettant aux Maliens des Jeunettes qu'il n'y aurait pas d'arrêté municipal contre la mécanique sauvage, une cinquantaine en s'engageant auprès du chef rom des confins de La Courneuve sur la promesse que le bidonville de l'échangeur ne serait pas démantelé, plusieurs centaines en plaçant deux imams en position éligible tout en promettant un coup de main discret pour la construction d'une mosquée que les fidèles sont incapables de financer, des dizaines encore en certifiant aux présidents d'associations les plus puissantes que les subventions seraient revalorisées… Ensuite, ils sont passés à la dentelle, aux finitions. Une place en crèche par-ci, un emploi aidé par-là, l'embauche d'un proche, un logement pour le petit dernier… Depuis des décennies, les huiles de l'administration communale logées dans le parc

HLM ont pour consigne de garder leur logement même si elles sont parties passer leurs vieux jours dans leur résidence secondaire. Il leur sert de pied-à-terre pour la famille, les amis. Et on les voit revenir à Courvilliers, par dizaines, le temps d'un week-end pour aller mettre le bon bulletin dans l'urne. Le problème, même avec tout ça, c'est que Muletier était bien plus discrédité qu'ils ne l'imaginaient, et qu'au soir du premier tour les jeux étaient loin d'être faits. Il ne virait en tête que d'une poignée de suffrages et la finale s'annonçait des plus incertaines. C'est là qu'Ochaulla est allé chercher Farid Sayane, le chargeant de ramener en une semaine cinq cents voix dans sa besace. Sayane a fait le tour des dealers qui tiennent les cités, pointant avec eux les listes électorales, bureau par bureau… Toutes les familles qui avaient un lien de subordination avec les trafiquants ont été directement approchées. On a distribué de la marchandise gratuite, pour d'autres le prix de la présence dans l'isoloir avec le bon bulletin de vote a été fixé à cinquante euros… Et ils ont failli perdre, malgré toute cette dépense d'énergie, de fric, de pressions… Quand la victoire a été acquise, vers une heure du matin, un groupe d'une trentaine de partisans est allé prendre d'assaut le domicile du député Lesauveur sans savoir qu'il avait été transporté d'urgence à l'hôpital à cause de la maladie orpheline qui allait l'emporter… Ils ont renversé des poubelles, mis le feu à une voiture, tenté de franchir la grille du jardin. Aucune pitié, la haine à l'état pur. Sa femme et sa fille, bloquées à l'intérieur, étaient terrorisées. La police a fini par se manifester... Quinze jours plus tard, Pascal Ochaulla s'installait dans le fauteuil de chef de l'administration communale et nommait son compère Farid Sayane responsable du principal service municipal... D'autres petites mains ont dû attendre leur récompense plusieurs mois. Ils ont fini par organiser un commando qui a séquestré le maire deux heures, dans son bureau. Il s'est pris des claques, puis il est passé à la caisse... Si ça vous intéresse, j'ai intercepté un de leurs courriers de menaces... Il est quelque part dans tout ce fouillis. Il faudra que je mette la main dessus. Refaites-moi voir votre photo, celle que vous avez trouvée en Thaïlande...

Je bascule le smartphone afin qu'elle apparaisse sur toute la surface, à l'horizontale. Il promène son doigt sur les visages des gens de Courvilliers en goguette.

— Vous en avez déjà une belle brochette. Là, c'est Sayane, l'autre à côté est aujourd'hui adjoint à la police municipale, celui-là, le petit brun, c'est le second de Stéphanie Maumelat à l'urbanisme, et le petit dernier en bout de table, c'est notre maire adjoint chargé de l'Égalité... L'un des pires de la bande...

Je vais me délester d'une partie de la bière ingurgitée avant de redescendre sur terre en dévalant les volées de marches de la cité Gagarine, croisant au passage des locataires exténués, des porteurs aux traits congestionnés, une jeune femme hissant une lourde poussette double sur un palier, suivie de ses jumelles de deux ans à peine. Je traverse le hall quand Richard Guelmi m'envoie un message sur mon portable : « *Regardez le site du* Parisien, *il y a du nouveau à propos de notre ami.* »

J'attends d'être installé dans le jardin de la rue Alfred-Jarry pour suivre son conseil tout en m'autorisant une cigarette. Princesse, l'épagneul breton, vient s'allonger à mes pieds, grappillant quelques caresses. Un petit encadré complète l'article initial consacré à l'arrestation de l'agent électoral de la liste du Front de gauche. On y apprend que Farid Sayane n'est pas inconnu des services de police, qu'il a été condamné à trois reprises pour violences aggravées, deux fois pour cambriolage, et qu'il est sous le coup d'une procédure pour sa participation à un trafic portant sur près d'un kilo de cocaïne. Le journaliste précise que le maire n'a pu être joint, malgré de multiples sollicitations, et qu'aucun membre de son cabinet ne souhaite répondre aux nombreuses questions soulevées par la présence d'un personnage titulaire d'un tel bagage à la direction d'un important service municipal. Je me fais cuire une omelette aux crevettes, saupoudrée d'un peu de fromage râpé, que je déguste près de l'olivier en profitant des derniers rayons du soleil.

CHAPITRE 11

Quand on roule sur le périphérique, on sait qu'on approche de Boisy-en-France, surnommée la Zone blanche, lorsque la radio commence à faire entendre des sifflements, de bourdonner, avant de cesser brutalement d'émettre. Les rumeurs les plus folles circulent pour expliquer le phénomène, comme celle qui attribue cette coupure de fréquence à la présence d'un système sophistiqué d'espionnage des communications des citoyens. La seule preuve avancée étant que le silence est propice à l'écoute... Des moutons noirs d'Ouessant broutent l'herbe des pelouses en pente qui enserrent l'autoroute. Un panneau d'information précise aux automobilistes coincés dans les embouteillages sans fin que le troupeau est là à titre expérimental. Je parviens à me sortir de l'échangeur monstrueux. Ses alvéoles de béton ont été transformées en refuge troglodyte par des exclus, et leurs silhouettes fugitives disparaissent dans le brouillard des consommations d'hydrocarbures. Sarita Bengalis, la secrétaire du syndicat

CGT des communaux de Boisy-en-France, m'a fixé rendez-vous en fin de matinée au siège de l'union locale. Les bureaux occupent le rez-de-chaussée sur jardin d'une cité HLM, face à une tour en réhabilitation, à deux pas de la porte de Boisy. Je me retrouve devant une jeune femme antillaise coiffée à l'afro et habillée d'un tailleur gris assez strict porté sur un chemisier vivement coloré. Le sourire est au rendez-vous. Elle me guide jusqu'à son bureau aux murs constellés d'affiches. Les slogans revendicatifs réclament pour la plupart l'abrogation des lois imposant la flexibilité du travail, la revalorisation du point d'indice et la suppression du jour de carence dans la fonction publique en cas de maladie.

— J'ai préparé du thé… Je vous en sers une tasse ?

Elle a lu la presse du matin, particulièrement les papiers retraçant les convulsions à caractère djihadiste de Courvilliers, et ne se montre pas plus surprise que ça lorsque je prononce le nom de Pascal Ochaulla.

— Rien ne peut plus m'étonner venant d'un personnage comme lui ! Quand on sait de quelle manière il s'est comporté dans cette ville… Vous vous intéressez à lui pour quelle raison ?

Je n'ai évoqué que la disparition de Rayan, faisant l'impasse sur l'aspect encore plus intime le reliant à Sylvia et donc à moi.

— Il a organisé un véritable réseau qui tient la ville de Courvilliers, et plusieurs de ceux sur lesquels il s'appuie étaient dans l'entourage de

Rayan, en Thaïlande. Ils ne sont peut-être pour rien dans sa disparition, mais j'aimerais en être certain, comprendre ce qu'ils faisaient là…

Elle tire une chemise du tiroir de son bureau, l'ouvre sur des notes, des photocopies d'articles, des documents administratifs.

— Tout ce que je sais a été publié dans la presse, par bribes… Les jugements sont disponibles sur un site internet local. Mon seul mérite est d'en avoir une vision globale qui fait émerger le sens… Je suis arrivée ici il y a huit ans à la suite d'une mutation. Je venais de passer les concours, en Martinique, et un poste de responsable du service des achats s'était libéré à Boisy. J'ai tenté ma chance. Ochaulla a été recruté deux ans plus tard, en qualité de directeur général des services, et nous avons été appelés à travailler ensemble. C'était mon chef. Au début, tout se passait pour le mieux, jusqu'à ce qu'il fasse gentiment pression sur moi pour que j'oriente telle ou telle soumission de marché, que j'en fractionne certains pour échapper aux plafonds de mise en concurrence… Je vous dis « gentiment » parce que c'est quelqu'un de cultivé qui sait se montrer sous son meilleur jour, qui utilise la séduction, et pour être franche je m'y suis laissé prendre pendant quelques mois… J'ai accepté à plusieurs reprises de m'arranger avec la déontologie en me persuadant que c'était pour le bien commun, pour la ville, ses habitants… J'entretenais d'excellents rapports avec le maire de l'époque, monsieur Vereck, que j'ai vu changer du tout au tout sous l'influence d'Ochaulla. Il s'est pris pour l'homme providentiel qui allait transformer Boisy-en-France, la faire entrer de plain-pied dans le XXIe siècle… Il a lancé des opérations immobilières inconsidérées, sans se soucier du patrimoine historique, des dynamiques de quartier… En moins de deux ans, les finances communales étaient à plat, il avait la ville contre lui et ne pouvait plus sortir de sa mairie sans se faire houspiller par les habitants en colère. Ochaulla a recruté trois gardes du corps, des garçons qui s'entraînaient au club de boxe local, puis il leur a trouvé un point de chute dans l'administration communale. L'un d'eux s'est vu promu chef du garage et des services techniques, comme ça, sur un claquement de doigts ! Le collègue qui s'occupait du personnel a essayé de s'y opposer, mais c'est lui qui a dû demander un changement de ville. Des rumeurs de malversations se sont multipliées, le climat s'est dégradé, l'étage du maire s'est transformé en bunker… Je venais travailler à reculons… Pour moi, le point de rupture a été atteint lors d'une altercation avec Ochaulla au sujet de l'attribution du marché annuel des livres de la médiathèque. Il voulait favoriser une librairie en échange de prestations culturelles, une histoire qui ne tenait pas debout. Il revenait d'un repas d'affaires probablement assez arrosé, et il a voulu me convaincre en me prenant dans ses bras… J'ai été élevée aux Terres Sainville, le quartier remuant de Fort-de-France, et les filles savent très tôt comment se débrouiller dans ce genre de situation... Mon genou est remonté assez vivement, et je crois qu'il doit encore s'en souvenir... Après, ça a été la guerre.

Je prends un spéculoos dans la soucoupe remplie de gâteaux secs qu'elle me tend. Je le grignote avant de sortir un calepin de ma poche.

— Comment avez-vous su que ses diplômes étaient falsifiés ?

— C'est grâce au secrétaire général de mairie... Il est parti à la retraite donc je ne trahis plus de secret... Il avait fait toute sa carrière à Boisy, il avait connu toute la lignée des maires communistes historiques qui faisaient corps avec leurs administrés, qui se battaient pied à pied pour que la banlieue ne soit pas synonyme de relégation, d'exclusion, qui venaient prendre la parole au petit matin devant les usines en grève, qui faisaient leurs courses au marché. Le comportement de Vereck le blessait profondément dans le respect qu'il avait pour ses prédécesseurs. C'est quand je me suis plainte de l'agression dont je venais d'être victime qu'il m'a montré le dossier professionnel de Pascal Ochaulla. Je suis tombée des nues ! Plusieurs membres du syndicat s'affrontaient à lui, et on a fini par inscrire le problème à l'ordre du jour d'une de nos réunions. Il y avait des tiraillements... On a quand même distribué un tract, et Ochaulla a commis l'erreur de nous attaquer en diffamation... Le syndicat s'est soudé, a fait bloc, puis décidé de riposter en allant devant les prud'hommes pour contester la légitimité du directeur général des services ! Il a été contraint de mettre ses états de service sur la table et les juges se sont rendu compte que la moitié des documents étaient des faux grossiers. Il a été condamné en première instance, il a fait appel, le tribunal a confirmé sa décision… Il a fallu qu'il rembourse les loyers des appartements où il logeait ses connaissances sur le dos de la collectivité. Entre les deux procès, la police a investi le garage municipal. Une dizaine de voitures, des guerriers cagoulés et habillés comme des RoboCop, mitraillette à la main. Ils ont arrêté les boxeurs gardes du corps qui avaient été mis en place par Ochaulla. La perquisition a permis de découvrir près de six kilos de cocaïne et plusieurs fusils d'assaut… Les « collègues » ont été condamnés à près de dix ans de prison, mais leur protecteur n'a pas été inquiété… Une garde à vue, une mise en examen puis un non-lieu…

J'essaie de prendre en note tout ce qu'elle me dit et qui me stupéfie.

— Le maire non plus ?

— Non, Vereck est lui aussi passé entre les mailles du filet. Juste une enquête à propos de voyages à travers le monde payés par la ville, mais qui s'est enlisée. Il s'est représenté aux élections en 2014, avec une liste « communiste propre » contre lui et ce sont les électeurs qui se sont chargés de le sanctionner : il a fait moins de dix pour cent des voix.

— Ça n'a pas dû être facile pour vous, une syndicaliste, de vous attaquer à vos propres amis politiques…

Son visage s'éclaire d'un large sourire pour la première fois depuis le début de l'entretien.

— Ce qui était difficile et même désespérant, c'était le silence… S'il s'était prolongé, il aurait valu complicité. Je me suis sentie libérée lorsque j'ai décidé de parler. Notre boulot, à la CGT, c'est d'essayer d'apporter un peu plus de justice, pas de défendre les privilèges ou les passe-droits. En tout cas, moi, c'est ainsi que je vois les choses.

Je quitte la Zone blanche en essayant de synthétiser tout ce que j'ai collecté comme informations depuis une semaine, sans parvenir à trouver une logique conduisant à l'assassinat de Rayan commis à des milliers de kilomètres des magouilles de Pascal Ochaulla et de ses affidés. La voiture avance au pas dans l'amas de tôles qui s'est formé sur le périphérique à l'approche de la porte de Courvilliers quand mon téléphone émet une alerte. Je l'ouvre tout en le posant sur le siège passager pour constater que Richard Guelmi m'a envoyé un message depuis son étage inaccessible de la cité Gagarine. J'en prends connaissance tout en surveillant la voiture qui me précède. « *Bonjour, j'ai retrouvé la lettre de menaces écrite par l'un des actuels adjoints au maire, Adir Amzel, au lendemain des élections quand Patrick Muletier traînait des pieds pour tenir ses promesses. C'est la semaine suivante qu'ils l'ont retenu dans son bureau et qu'il a pris quelques claques. Le système de corruption y est mis à plat. C'est copieux mais ça vaut la peine d'aller jusqu'au bout. Sarita était contente de votre entrevue. Vous pouvez passer quand vous voulez et sans faire les courses : l'ascenseur fonctionne à nouveau depuis une heure.* »

J'attends de dévaler la bretelle et d'avoir contourné la place qui marque la frontière entre Paris et Courvilliers pour aller me garer devant la carcasse du centre commercial abandonné. Je clique sur l'icône de la pièce jointe et déroule un long texte.

Pascal Ochaulla : la conclusion viendra-t-elle enfin ?

Il faut hélas en convenir, il existe des individus respectables qui aimeraient pouvoir vivre en paix, mais qui pour des raisons multiples se trouvent confrontés à la bassesse humaine, et deviennent à leur corps défendant le réceptacle d'un harcèlement aussi fielleux qu'anonyme. On peut sans risque d'être contredit affirmer que Pascal Ochaulla fait partie de ces personnes en butte à la pire des médisances. Ce frère, ce camarade, cet ami, est pourtant quelqu'un qui a pesé de manière décisive pour arracher la victoire aux municipales. Aujourd'hui, il est victime d'attaques injustifiées, son honneur est jeté aux chiens, sa vie piétinée par les pires chacals qui hantent notre ville. Rien ne lui a été épargné. Certains ont tenté de lui faire endosser le costume du dealer de drogue, d'autres l'ont croqué en bandit menaçant, d'autres ont manipulé son attachement à la religion musulmane pour le présenter comme un intégriste religieux adepte du terrorisme... Des tonnes de boue déversées sans que le moindre commencement de preuve soit mis à disposition des citoyens ! Et le voilà maintenant dénoncé à la vindicte comme étant un fonctionnaire infréquentable par des raisonnements dont le caractère le plus remarquable consiste en leur obscurité.

Nous avons répondu point par point à la calomnie, et nous estimions avoir réussi à dégonfler la baudruche de ce qu'il était devenu habituel d'appeler chez nous « l'Affaire Pascal Ochaulla ». Lorsque le maire Patrick Muletier a accepté la requête de Pascal d'intégrer la direction générale de la mairie en tant que directeur général de l'administration, et indiqué que cela prendrait effet en décembre 2014 au plus tard, un terme définitif et positif semblait se dessiner, rendant enfin justice à Pascal Ochaulla. La ville de Courvilliers allait pouvoir profiter de l'énergie d'un professionnel aguerri dans le domaine de la gestion des collectivités territoriales. Ce n'est hélas que partie remise puisque Lionel Osterski, le directeur général des services de la mairie de Courvilliers, affirme aujourd'hui vouloir s'opposer de toutes ses forces à cette nomination, et cela sans donner la moindre justification à sa détermination !

Je ne sais quel moustique exotique a piqué ce responsable administratif, mais il me semble aujourd'hui nécessaire que nous le remettions à sa place d'élément subalterne ! Quelle légitimité peut-il invoquer pour étaler ses exigences et s'opposer à la promotion d'un collaborateur de qualité avec lequel le maire en personne veut travailler ? Serait-ce lui qui aurait été désigné par la population à la première place de notre liste aux municipales ? Aurait-il eu un quelconque poids dans notre arrivée à la tête de la municipalité ? On ne refait pas le match après le coup de sifflet final. Lionel Osterski devra donc se conformer à l'expression démocratique et respecter la supériorité du politique sur l'administratif. L'élu décide, l'employé applique. Et j'appelle tous les élus de la majorité à réaffirmer publiquement leur soutien fraternel à Pascal Ochaulla. Et si Lionel Osterski continue son travail de sape, nous saurons tous lui indiquer où se trouve la porte.

Voici donc l'alternative devant laquelle se trouve cet employé municipal : se soumettre ou se démettre. Et je pense par ailleurs que cette attitude suicidaire démontre qu'il est urgent pour lui de faire un sérieux travail d'introspection ! Qui est monsieur Lionel Osterski, pour qui se prend-il pour se permettre de juger Pascal Ochaulla dont il ignore tout ? Pour quelles obscures raisons se croit-il autorisé à se faire l'arbitre des élégances auprès de la Terre entière ? Il ferait bien mieux de se regarder dans la glace et de rester dans son rôle ! Loin de moi l'idée de le minimiser : il demeure, pour le moment du moins, directeur général des services de la mairie de Courvilliers, ce qui veut dire, en clair, qu'il est le big boss de l'administration communale. En cette qualité, il doit, sous l'autorité de monsieur le maire, contrôler, avec ses directeurs généraux de l'administration, la mise en application dans le secteur administratif et technique des instructions et orientations politiques définies par la majorité municipale sur la base de ses engagements électoraux. En conclusion, Lionel Osterski occupe certes un poste administratif important, mais cette responsabilité lui impose de parfaire une connaissance et une maîtrise totales du contexte et de l'environnement politique dans lesquels baigne notre commune. Ce qui devrait le conduire à mobiliser son énergie et celle de ses adjoints à nos côtés pour que nous soyons toujours plus proches de la réalité de notre ville et de ses habitants.

Il a fallu que j'avance ma voiture d'un mètre pour permettre à un camion de livraison d'accéder au quai de déchargement du magasin Darty. Puis je reprends ma lecture.

Pour moi, au terme de cette analyse, il n'y a donc pas à hésiter ne serait-ce qu'une seule minute : tout comme Patrick Muletier, je suis tout à fait favorable à ce que Pascal Ochaulla soit nommé à la direction générale de la mairie, non seulement parce qu'il a su nous convaincre tout au long de la campagne qu'il en avait largement les compétences, mais aussi parce qu'il s'est montré et se montre toujours d'un engagement de tous les instants !

Il est également important de ne jamais oublier qu'à travers le traitement que nous réservons à nos soutiens les plus engagés se joue une partie importante de notre image auprès de la population. Les gens savent qu'ils ont été décisifs dans la victoire. Que se passera-t-il si nous les négligeons ou si nous faisons preuve d'ingratitude à leur égard ? Nos concitoyens y réfléchiront à deux fois avant de nous soutenir lors des prochaines échéances électorales ! Ce principe de récompense des sacrifices se pose bien entendu dans notre manière de nous situer dans le cas posé par l'avenir de Pascal Ochaulla, mais aussi vis-à-vis d'un groupe d'une dizaine d'autres militants qui ont fait plus que mouiller la chemise et cela pendant plus de six mois ! Je considère, pour commencer, qu'il serait particulièrement injuste d'oublier Pierre Ducreux, ce jeune chauffeur livreur qui durant la campagne était toujours disponible pour me prêter main-forte au collage à 3 h 30 du matin après ses heures de travail. Sa réelle popularité dans son quartier nous a permis d'obtenir une avance confortable aux deux tours de l'élection ! Il serait également incompréhensible pour le commun des mortels que des gens comme Akli ou Mohand, dont j'ai pu mesurer les efforts monumentaux mis en œuvre pour activer leurs importants réseaux à travers la ville, soient ignorés ! Comment faire l'impasse par ailleurs sur Romain Danvers et Zongo qui nous ont fait entrer, au cœur de leurs quartiers, dans des endroits qui sans eux nous seraient probablement restés totalement inaccessibles, comme le foyer des Jeunettes ou le camp rom ? Faut-il négliger tous ces habitants de Courvilliers qui ont mené un travail militant extrêmement profitable au sein du personnel communal, comme Rachid, Bertrand, Larissa. Et surtout Farid

Sayane, le courageux, qui a pris tous les risques, et je mesure mes mots, pour nous apporter les voix nécessaires dans les quartiers nord et qui mérite d'être distingué. A-t-on moralement le droit aujourd'hui de leur tourner le dos ? Évidemment non !

Pour résumer, nous nous retrouvons donc aujourd'hui à la croisée des chemins, et il va nous falloir faire au plus vite un choix : assumer le pouvoir et prendre des mesures pour placer notre action municipale dans la lignée de notre campagne victorieuse, ou abandonner ce pouvoir à des technocrates qui appliqueront des choix purement gestionnaires et totalement déconnectés des besoins des habitants. Élus de la majorité, la balle est dans notre camp !

Adir Amzel

Président du groupe des élus du Parti de gauche au conseil municipal de Courvilliers. Adjoint au maire en charge de la Démocratie participative et de l'Égalité. Président du comité Courvilliers-Palestine.

Le passage où il est question du multirécidiviste Farid Sayane, auquel il aurait été immoral de tourner le dos, ainsi que les titres ronflants dont Adir Amzel se prévalait donnaient la mesure du double langage pratiqué par l'auteur de la missive. Je traverse le quartier par la rue des Casernes qui tient son nom de la présence, jadis, d'un cantonnement abritant des gardes mobiles et leurs familles, la voiture tressautant sur la chaussée défoncée, l'asphalte déchiré révélant les vestiges d'un pavage qui avait connu le fer du cerclage des roues de charrettes. Je vais me garer sur la place du marché transformée en parking sauvage, comme les rues piétonnes environnantes, grâce à la mise hors service des plots rétractables. Une bonne cinquantaine de consommateurs, des hommes exclusivement, occupent la terrasse ainsi que les banquettes disposées de part et d'autre du bar. Une jeune femme vêtue d'une robe indienne, un châle léger passé sur ses épaules, vient prendre place devant une petite table ronde, pose son sac sur le siège libre qui lui fait face. Elle a juste le temps d'allumer une cigarette prélevée dans un étui métallique qu'un homme assis à la table voisine se lève pour venir se dresser devant elle.

— Wooh… Wooh… Je bois mon café… Tu fais quoi là ? Personne ne fume quand je bois mon café !

Elle le regarde, interloquée.

— Excusez-moi, monsieur, mais on est en extérieur, ce n'est pas interdit…

— Je ne supporte pas la fumée, tu as compris ? Il faut que je te le dise sur quel ton ? Tu éteins ta clope ou tu dégages !

Elle se lève à son tour, toute tremblante d'indignation, pour être à la même hauteur de parole que celui qui l'agresse.

— Vous ne me parlez pas comme ça. D'accord ? Vous vous croyez supérieur parce que je suis une femme ? Si vous ne supportez pas la fumée, allez boire votre café à l'intérieur, près du bar, personne ne viendra vous déranger.

La réponse a fusé entre ses dents sans qu'un seul des attablés ne réagisse.

— Salope ! Espèce de connasse !

Je m'approche, l'air le plus neutre possible, je soulève le sac de l'inconnue.

— Bonjour. La place est libre ?

Elle porte sur moi un regard perdu. Une fois assis, je sors mon paquet de cigarettes de ma poche, en allume une devant le visage décomposé de l'énervé, avant de commander un café. Le type tourne les talons. Elle se prénomme Karima, et c'est la première fois qu'elle met les pieds à Courvilliers.

— J'ai rendez-vous pour visiter un studio, et comme j'étais en avance je suis venue boire un thé, pour patienter. Je ne me suis pas aperçue que j'avais retraversé la Méditerranée et que j'étais arrivée au bled... Il ne m'impressionne pas. Ma famille est de Mostaganem. Quand j'allais en vacances, pour les filles, c'était tous les jours comme ça... Si je prends l'appartement, j'aurai au moins l'impression de vivre au pays. Vous habitez ici ?

— Non, je suis là pour quelques jours, le temps de régler une affaire de famille.

— Vous faites quoi, si ce n'est pas indiscret ?

— Je suis vétérinaire, en province... Au tout début de la Normandie, au bord de la Seine...

— Moi, je suis infirmière, à l'hôpital Lariboisière. C'est un peu dur, surtout les horaires, mais ça me plaît. J'aurais bien aimé m'occuper des animaux… Je passe des heures à regarder des vidéos sur YouTube avec des éléphants, des singes, des girafes, toutes sortes d'insectes… J'en ai vu une hier soir. Une petite fille qui a libéré un papillon prisonnier dans la véranda. Elle le prend avec précaution, du bout de ses doigts, et le lâche derrière la porte en lui disant « Retourne dans la nature… ». Au même instant, un oiseau passe et gobe le papillon… On entend juste la gamine dire « Oh non ! ». Je pensais à ce clip tout à l'heure… Je me sentais un peu dans la position du papillon.

Son portable sonne.

— C'est mon rendez-vous. Je me souviendrai de vous. Merci pour tout…

— De rien, Karima. Bonne chance pour l'appart…

Elle insiste pour payer mon café avant de filer, la lumière de ses vêtements se déplaçant comme un petit nuage coloré sur la grisaille de la ville.

CHAPITRE 12

Deux policiers en faction devant les portes vitrées de la mairie, conséquence directe de l'interpellation de la veille, me demandent mes papiers et l'objet de ma visite avant de me laisser entrer dans la maison commune. Plusieurs équipes de télévision font le siège du bureau où le maire s'est retranché, dans l'attente d'une déclaration officielle qui tarde à venir. Je réussis à me faufiler entre les porteurs de caméras, de perches hérissées de micros, afin de m'adresser à la personne chargée de l'accueil.

— Bonjour. Est-ce qu'il est possible de rencontrer monsieur Lionel Osterski…

Elle me regarde comme si je débarquais d'une planète lointaine.

— Monsieur Osterski ne travaille plus ici depuis au moins deux ans… Il est parti en retraite…

Je tente de retomber sur mes pieds.

— En fait, c'est un cousin… J'arrive de l'étranger, et comme je passais par Courvilliers j'ai eu l'idée de venir le saluer… Tant pis ! Vous savez s'il habite dans le coin ?

Elle se retourne vers l'un de ses collègues occupé à trier du courrier sur une petite table accolée au guichet.

— Tu l'as bien connu toi, Osterski… Il n'était pas sur Paris ?

— Oui, je l'ai raccompagné plusieurs fois quand j'étais chauffeur. Vers Bastille. Mais il avait une maison de campagne pas loin de Chinon. Il rapportait des bouteilles pour les pots de départ. Du bon qu'il faisait lui-même… Je crois bien qu'il s'est retiré là-bas, au milieu de ses vignes.

J'avale une pizza océane au Saint-Estèphe, arrosée d'un verre du vin qui donne son nom à l'établissement, avant d'aller me réfugier dans le jardin de la rue Alfred-Jarry pour faire le point. Sur Google, au milieu d'une avalanche de compétitions sportives en langue allemande, on skie beaucoup dans la région d'Osterski, je parviens à trouver la trace d'un Lionel Osterski. Il a assez récemment participé à une exposition vinicole près de Chinon, dans le village de Cravant-les-Côteaux, où sa production s'est vue distinguée par une médaille d'argent. Un numéro de téléphone complète l'adresse de la propriété du lauréat, à Huismes. Le nom évoque quelque chose pour moi sans que je parvienne à préciser ce souvenir. Un message de Frédéric me rappelle que nous devons opérer un étalon du haras des Roches le lendemain matin, à Portejoie. Je lui confirme ma présence à ses côtés, puis je fixe un rendez-vous à Élodie dans l'auberge du Val au Cesne dont on m'a dit le plus grand bien. Je laisse filer le reste de la journée en regardant une rétrospective de films de Richard Fleischer, *L'étrangleur de Rillington Place* et *Les flics ne dorment pas la nuit*, sur un canal de vidéos à la demande.

Je reprends la route de Portejoie au petit matin, accompagné, en longeant la Seine, par les cavalcades effrénées des lapins, les lourdes envolées des hérons. Les radios effectuées sur la patte de l'étalon ont montré en fait une excroissance osseuse inférieure autour du paturon. Il s'agit d'une réaction de l'organisme à la pose de la plaque métallique quelque temps auparavant. Des injections n'auraient que des effets temporaires, et j'ai décidé de procéder à une arthrodèse qui, en reliant les os du boulet, permet d'envisager une guérison définitive. Nous sortons de la salle d'opération en milieu de journée, après quatre heures d'intervention, de tension extrême, qui nous ont épuisés l'un et l'autre. Je me repose en écoutant de la musique dans la pénombre, histoire de me refaire une santé avant la soirée prévue avec Élodie. L'aubergiste est passionné par les ânes dont une dizaine de spécimens accueillent les visiteurs en brayant depuis leurs enclos. Élodie est venue avec son donskoy, le chat sans poils, qui, d'après elle, serait sujet à une sorte de déprime.

— On ne doit pas assez s'occuper de lui…

Je l'examine sous toutes les coutures après le repas, pour la rassurer, avant de l'enfermer dans la salle de bains pour procéder à d'autres observations sur sa maîtresse.

Lionel Osterski, que j'avais réussi à joindre avant d'opérer l'étalon, a accepté de me recevoir. Il m'attend chez lui, à Huismes, en début d'après-midi. Je pars directement de l'auberge du Val au Cesne en direction des vignobles de Chinon, tandis qu'Élodie file vers Rouen en compagnie d'un chat bien plus enjoué que la veille. L'ancien directeur de l'administration communale habite dans un petit village situé au milieu d'une région de bocages marécageux et qu'écrase la tour carrée d'une église vaguement romane. Le paysage, tandis que je m'approche du lieu du rendez-vous, me fait revenir en mémoire un précédent voyage dans les parages, avec Sylvia. C'était au cours de sa période « américaine », lorsqu'elle s'était prise de passion pour les poètes de la Beat generation dont elle faisait sortir les mots de leur cercueil de papier. Burroughs, Ferlinghetti, Gregory Corso ou Hedwig Gorski. Elle avait prêté sa voix à Ginsberg en disant de longs passages de *Howl* dans la maison d'Huismes que Max Ernst avait occupée pendant près d'une dizaine d'années, puis le lendemain dans l'atelier que le sculpteur Calder s'était fait construire à Saché, quelques kilomètres plus loin.

Moloch en qui je m'assois et me sens seul !
Moloch où je rêve d'Anges !
Fou dans Moloch !
Suceur de bite en Moloch !
Sans amour et sans homme dans Moloch !
Moloch qui me pénétra tôt !
Moloch en qui je suis une conscience sans corps !
Moloch qui me fit fuir de peur hors de mon extase naturelle !

Lionel Osterski guette mon arrivée depuis le seuil d'une ancienne maison de vigneron en tuffeau que le soleil nimbe de jaune. Grand, sec, il me domine d'une tête qu'auréolent des cheveux bouclés poivre et sel. Nous nous installons à l'arrière de la maison, sous un auvent. Une dizaine de rangs de vigne prennent naissance à nos pieds pour aller onduler sur la pente douce d'une colline bien exposée.

— On m'a dit que vous faisiez votre vin ?

— Oui, un petit millier de bouteilles les bonnes années. C'est par plaisir et cela m'a permis de m'ancrer dans le village, de connaître à peu près tout le monde. Je crois vraiment que je suis chez moi, ici… J'en ai ouvert une bouteille, ça vous dit ?

Il a lu tous les articles à propos de l'arrestation de Farid Sayane, et au cours de la conversation je comprends que les informations sur la vie souterraine de Courvilliers continuent à lui parvenir. Je décide, d'emblée, de lui montrer la lettre de mise en garde adressée au maire par son adjoint. Le ton comminatoire ne l'étonne pas outre mesure.

— Ce qui est significatif de leur pouvoir, de l'importance qu'ils ont prise, c'est le simple fait d'écrire des choses pareilles et de ne pas mesurer la portée qu'elles acquièrent en étant rendues publiques ! Ça ne les effleure même pas… Ce sentiment d'impunité est, à mon sens, un des marqueurs principaux de la constitution d'une mafia locale… Je le connais bien cet Adir Amzel… Pendant les élections de 2014, pour discréditer le député socialiste qui tentait de conquérir la mairie, il se vantait de diffuser les messages de la Manif pour tous, par tweets, auprès de toute la population de Courvilliers portant un patronyme arabe. Sur le thème « Voter contre les promoteurs de l'homosexualité légale »… Il suffit de faire quelques recherches sur YouTube pour le voir se pavaner pendant des heures et des heures dans des émissions patronnées par la nébuleuse d'Alain Soral et Dieudonné… Et savez-vous comment ils ont l'indécence d'intituler leurs débats d'où suinte l'antisémitisme ? « La Gauche dialogue avec la Résistance »… Il ne manquait pas une conférence de son ami Tariq Ramadan, à Saint-Denis, le Père Lapideur comme le surnomme ma femme…

— C'est cette ambiance qui vous a fait partir de Courvilliers ?

Il se braque, fronce les sourcils.

— Moi, partir ? J'aimais Courvilliers au point que je lui ai sacrifié une partie de ma vie de famille… Non, je ne suis pas parti ! Ils m'ont viré comme une merde après trente ans de travail acharné au service de cette ville.

— Trente ans ! Vous avez bien connu le Commandeur…

— Bien entendu. C'est même le Commandeur qui m'a fait venir… Je n'ai jamais eu à me plaindre de lui. J'aurais aimé qu'il soit plus audacieux, qu'il ne laisse pas la ville se vider de ses couches moyennes, qu'on rénove les quartiers. Aucun conflit notable, sauf quand il a décidé de passer la main à son beau-fils. J'ai essayé de l'en dissuader. Patrick Muletier était gentillet mais sans carrure ni ambition. Et surtout très influençable. On comprenait rapidement qu'il suffisait de hausser le ton devant lui pour avoir raison, pour emporter le morceau. La faune renifle ce genre de faiblesse… J'ai vu arriver un à un tous les personnages dont Adir Amzel demande l'embauche en remerciement de leurs « bons et loyaux services ». Je peux même dire que je les ai vus grandir, pour la plupart, et pourrir sur pied pour certains. Quand je me suis opposé à eux, ça a été la curée. Ils ont obtenu ma tête. J'ai été mis à la retraite d'office alors que j'avais le droit, statutairement, de rester en poste deux ans de plus… J'étais devenu gênant.

Il s'interrompt pour observer le vol plané d'une buse.

— C'est beau, c'est harmonieux… Et pourtant elle se prépare à effectuer un piqué sur sa proie… Vous le trouvez comment, mon vin ?

— Très fruité… Et pas si léger que ça… Vous avez collaboré pendant plusieurs années avec Patrick Muletier. Qu'est-ce qui vous a décidé à prendre vos distances ?

— Une réunion avec les responsables économiques de la communauté chinoise de Courvilliers. En une quinzaine d'années, les investisseurs comme les Wang et les Chang ont redonné vie à des dizaines d'hectares de zone industrielle en perdition, les anciens magasins généraux… Sept à huit mille travailleurs de la province du Zhejiang se sont exilés à Courvilliers dans l'industrie du vêtement, de la chaussure, de la babiole pour forains… D'abord de la marchandise de deuxième ordre, puis ils sont montés en qualité en fournissant les chaînes de magasins de moyenne gamme. Des centaines d'entreprises ont été créées qui génèrent un brassage de liquidités massif… Cela n'a pas échappé aux ados des bandes de quartier qui ne sont pas dans le deal. Pour eux, tous les Chinois se baladent les poches pleines de liasses de billets. Ils ont monté des commandos pour les récupérer coûte que coûte et on a assisté à une montée en flèche de la violence qui visait, en fait, les petites mains, les ouvriers à la journée qui vivent dans des conditions misérables. Un jour, une délégation de décideurs est venue me voir. Ils étaient excédés par cette criminalité raciste et voulaient que la ville installe une antenne de la police municipale dans le quartier des affaires… J'ai proposé des rondes renforcées, mais ils avaient déjà un plan d'action. D'après leurs calculs, un commissariat avec cinq à six personnes, le local plus le matériel revenait à cinq cent mille euros par an, et ils se proposaient de rassembler la somme pour le compte de la municipalité ! Je leur ai expliqué, avec beaucoup de difficulté, que la comptabilité publique française ne prévoyait pas de tels arrangements avec la loi… Ils sont repartis deux heures plus tard, et leur responsable s'est approché de moi pour me remettre une enveloppe, en guise de remerciements. Vingt mille euros en grosses coupures.

Son épouse, Édith, passe lui montrer un projet d'affiche, où claque le chiffre 391, pour une conférence dans la maison de Max Ernst qu'un photographe a rachetée avec le projet de faire revivre l'esprit du peintre et de ses amis. D'après ce que je peux déduire de leurs échanges, Édith fait partie de l'association de soutien, et la prochaine initiative est centrée sur l'œuvre et le parcours de Francis Picabia. Je le relance dès que son épouse retourne dans la maison.

— Qu'est-ce que vous avez fait de l'enveloppe ?

— Si je l'avais gardée, je ne vous en aurais pas parlé ! J'ai fait venir un maire adjoint, Gérard Topolino, qui passait dans le couloir. Quand je lui ai montré le paquet de billets, il a ouvert des yeux gros comme des soucoupes. J'aurais dû me douter, dès cet instant, de ce qu'il allait devenir… C'était au moment du Téléthon… J'ai remercié les entrepreneurs chinois pour leur participation à la collecte de dons contre les myopathies. Le comité local n'en est toujours pas revenu !

— Pourquoi dites-vous que vous auriez dû vous douter de ce qu'allait devenir Topolino ? Je l'ai croisé à Patong, dans une boîte de luxe, La Tentation…

Osterski nous ressert un verre de son agréable chinon.

— Ça lui va comme un gant ! Au conseil municipal, c'est la recette du quatre-quarts, mais au lieu de mélanger du sucre, du beurre, de la farine et du lait, là ce serait plutôt un quart de gens honnêtes, de bonne volonté, un quart d'incapables, un quart d'ambitieux dont le but est d'« arriver à arriver », et un quart de corrompus. Topolino fait partie de ce dernier ingrédient. J'ai surpris plus tard une conversation entre lui et le donneur d'enveloppe. Topolino lui confiait qu'avec ses trois enfants et sa femme les vacances coûtaient très cher, qu'il empruntait pour leur faire plaisir. L'homme d'affaires lui a demandé le montant approximatif de ses dépenses. Trois cents euros par jour, tout compris. Depuis, il passe ses congés dans une station balnéaire huppée du Hainan, dans le sud de la Chine. Ce genre de pratiques existe partout, sauf que ça n'a pas la même incidence sur la vie des gens suivant qu'on est à Levallois ou à Courvilliers…

— D'un point de vue moral, je ne vois pas la différence.

Il dodeline de la tête et un sourire ironique s'imprime sur ses lèvres.

— À Levallois, en volume, c'est incomparablement plus important quand on voit le résultat dans la presse, les appartements de quatre cents mètres carrés, le personnel communal transformé en valets de pied, les villas aux antipodes, les moulins, les comptes dissimulés… Mais la ville est tellement riche, avec ses sièges sociaux, son prix du mètre carré stratosphérique, que la préemption est indolore pour le contribuable : on ne réduit pas le nombre de crèches ni les achats de livres dans les médiathèques, on assure un ramassage impeccable des ordures ménagères… À Courvilliers, c'est l'exact contraire. La moitié de la population est exemptée de taxe d'habitation en raison de la faiblesse de ses ressources, le revenu par habitant est d'un tiers inférieur à celui du 18e arrondissement de Paris qui n'est pourtant pas le plus favorisé de la capitale, loin de là ! Le budget est au taquet, je peux parler en connaissance de cause, chaque euro qui est distrait des finances communales se traduit par une amputation du service rendu aux habitants. Le résultat se voit tous les jours dans les rues, lorsque l'on croise des rats aux abords des maternelles, quand on pénètre dans des écoles qui n'ont pas vu un coup de peinture depuis des décennies, quand on constate l'état de délabrement du commerce local…

Le sourire du début s'est transformé en un masque de rage froide au fur et à mesure de l'énoncé. Je laisse un long silence s'installer avant d'en venir à ce qui me tient le plus à cœur.

— Vous avez travaillé avec Pascal Ochaulla, je

crois… Vous pouvez me dire quels étaient vos rapports, si ce n'est pas indiscret ?

— D'abord, je n'ai jamais travaillé avec lui, mais contre lui… Et c'est ce malfaisant qui a eu ma peau. Avant même que le beau-fils, Patrick Muletier, n'en fasse son âme damnée, je savais à quoi m'en tenir sur le personnage grâce aux confidences du secrétaire général de la mairie de Boisy-en-France où il a fait de sacrés dégâts… Faux et usage de faux, clientélisme à outrance, nominations illégales, entourage immédiat impliqué dans le trafic de cocaïne, la détention d'armes de guerre… Le secrétaire de mairie de Boisy-en-France s'était mis en rapport avec moi en apprenant qu'Ochaulla était le rejeton d'une vieille famille de Courvilliers. En effet, il est passé par toutes les étapes, l'école, le collège, le lycée, les colonies de vacances, les maisons de jeunes, puis il est devenu moniteur sportif, directeur de centre de vacances… La première fois où le maire l'a amené en mairie et me l'a présenté comme son directeur de campagne pour les élections, j'ai refusé de lui serrer la main. Tout à l'heure, vous avez prononcé le mot de « morale ». C'est un terme que j'ai rayé de mon vocabulaire après être parti de Courvilliers, contraint et forcé.

Je tente ensuite, à plusieurs reprises, de le questionner sur Stéphanie Maumelat, la maîtresse du maire et nouvelle responsable du service de l'urbanisme, mais il esquive chaque fois. Il s'en sort par une pirouette.

— Ce n'est pas le premier ni le dernier à avoir succombé aux charmes d'une jolie femme. J'aurais du mal à lui en faire grief. J'ai moi-même rencontré mon épouse dans les couloirs de la mairie de Courvilliers.

Je n'ai pas la présence d'esprit de lui répondre que son épouse n'a apparemment pas été blessée par une balle sortie du canon de l'arme qui a tué Rayan, ce qui fait tout de même une sacrée différence.

CHAPITRE 13

Je suis de retour à la nuit tombante rue Alfred-Jarry, lesté de deux bouteilles de la cuvée 2014 de Lionel Osterski, un millésime en clin d'œil aux élections qui lui ont coûté son poste. En me les offrant, il m'a confié qu'il la considérait comme la meilleure année de sa modeste production. Le coffre renferme également quelques bocaux de conserves régionales achetés dans une ferme d'Huismes, dont un coq au vin prometteur que je me promets de faire mijoter avec trois pommes de terre en guise d'accompagnement. Je profite d'un ralentissement, sur le périphérique, pour consulter mes mails. Frédéric m'envoie une série de photos rassurantes de l'étalon que nous avons opéré la veille, ainsi que les amicales salutations de la baronne Mélanie Clayes dont le boxer a retrouvé toute son autonomie. J'ai du mal à traverser Courvilliers dont les rues sont empruntées par le défilé énigmatique d'un bon millier de personnes brandissant des lanternes de papier aux formes les plus variées, oiseaux, dragons, étoiles, bateaux, hippocampes, précédé par une clique d'instruments à vent aux étonnantes sonorités mêlées, hélicons, suonas, trompettes, shengs et saxophones. La pluie fine qui s'est mise à tomber me dissuade de manger dans le jardin déserté par l'épagneul breton qui se met à hurler à la mort, dans la maison attenante, au passage d'une voiture de police à la sirène criarde. Alors qu'un verre, deux les soirs d'abandon, suffit à mon ordinaire, la moitié de la bouteille y passe. Je ne sais plus vraiment où j'habite quand je suis sorti de ma torpeur par la sonnerie insistante du portable, à sept heures du matin. J'ai des difficultés à reconnaître la voix dans l'écouteur avant que Richard Guelmi, l'ancien conseiller municipal, ne décline son identité.

— Je ne vous tire pas du lit au moins ?

Les mots ont du mal à faire bouger mes lèvres.

— Non… J'allais me lever… Qu'est-ce qui se passe ?

— Je suis devant le garage municipal. Ils nous ont refait le coup de Boisy-en-France. Toute la presse nationale est en train de rappliquer. Venez dès que vous pouvez, ça devrait vous intéresser, et en plus je vous présenterai un ou deux amis qui ont beaucoup de choses à dire…

Il coupe la communication avant que j'aie le temps de lui demander de quoi il retourne exactement. L'impression d'apesanteur, de malaise ne se dissipe pas, et il me faut plusieurs minutes pour me décider à glisser une capsule dans la machine à café. Je traverse la ville à pied pour m'aérer l'esprit. Quand j'arrive, un quart d'heure plus tard, l'entrée des ateliers municipaux est soumise à un dispositif semblable à celui qui avait été mis en place pour le coup de folie de Farid Sayane, sur la place de la mairie. Fourgons de gardes mobiles, voitures de police, hommes en armes assistés cette fois de maîtres-chiens. Les journalistes reporters d'images des chaînes télévisées insomniaques se sont regroupés vers la guérite d'où on peut disposer d'une vue générale sur les ateliers. Je me dirige vers mon informateur engoncé dans sa chaise, au premier rang.

— Qu'est-ce qui se passe ? Sayane a fait des émules ?

— Non, là ce ne sont pas les groupes d'intervention, c'est au tour du service des douanes. Leurs limiers sont à la manœuvre. D'après ce que j'ai pu comprendre, ils pistaient un go fast depuis son passage à la frontière avec l'Espagne. Ils ont laissé faire au lieu d'intervenir. Le chargement a été divisé en deux à son arrivée en région parisienne et une moitié, environ neuf cents kilos de résine, a été saisie il y a une heure dans une fourgonnette qui s'apprêtait à pénétrer dans le centre technique municipal… On attend le maire d'une minute à l'autre. Il devrait faire une déclaration…

— Neuf cents kilos ! Ils se sont trompés d'adresse de livraison ?

— Pas vraiment, c'est le chef adjoint du garage qui était au volant… Son nom, Romain

Danvers, figure dans la lettre de menaces écrite par Adir Amzel, celle que je vous avais envoyée par mail pour vous remercier de m'avoir ravitaillé…

Au cours de l'heure qui suit, les bribes d'informations que je recueille auprès de tous ceux qui se pressent devant les grilles me permettent d'établir un déroulé de la situation. Les enquêteurs de l'OCRTIS, l'Office central pour la répression du trafic illicite des stupéfiants, ont semble-t-il réussi à poser une puce de géolocalisation sur un convoi parti de la région de Málaga et l'ont suivi pendant toute sa remontée vers la banlieue nord, ne se décidant à intervenir qu'au tout dernier moment quand le conducteur a actionné l'ouverture du portail automatique du centre technique de Courvilliers. Les trente valises marocaines, chacune lestée de trente kilos de résine compressée dans de la toile de jute, étaient dissimulées sous la cabine, dans un compartiment à double fond. J'apprends également que l'homme qui accompagnait le directeur adjoint du garage municipal est lui aussi employé communal. Il a été arrêté deux ans plus tôt pour un trafic de cocaïne portant sur un kilo de poudre. La justice l'a remis en liberté, son avocat ayant détecté un vice de forme dans la procédure. Vers dix heures du matin, cinq dépanneuses sortent de l'ancienne usine surmontée de sa cheminée inutile, traînant de grosses cylindrées de marques allemandes dont il se murmure qu'il s'agirait de voitures volées en phase de maquillage. Après que le maire a fait savoir qu'il ne pourrait pas se libérer avant midi, je vais prendre un café avec Richard Guelmi dans la salle colorée d'O Cangaceiro, un café-restaurant brésilien dont la sono diffuse une version jazzy de *Jambalaya* en sourdine. Serge, un homme vêtu d'un jean et d'un blouson d'aviateur, nous rejoint. L'ancien conseiller me le présente comme un cadre de la cellule chargée de traquer l'argent sale généré par le trafic de drogue. Il vapote de manière assez compulsive un liquide parfumé à la fraise des bois.

— Serge était affecté au commissariat de Courvilliers quand je faisais encore partie du conseil municipal. On a travaillé ensemble à des actions de prévention, puis on a gardé le contact après son départ à la préfecture de Bobigny. Tout compte fait, ça ne m'étonne pas tant que ça, l'opération de ce matin…

Après une lecture attentive de la carte, mon choix se porte sur un expresso Maragogype tandis qu'ils optent pour le Micro-Lot.

— Qu'est-ce qui vous fait dire ça ? Vous aviez des doutes ?

Ils échangent un regard et Richard Guelmi se lance.

— Le service est dans un état de gabegie monumentale depuis des lustres. Il y a quelques années, un directeur est arrivé de sa province, un type honnête qui n'a pas fait long feu… Je me souviens d'une ébauche de rapport qu'il m'avait montrée. Il s'était par exemple aperçu qu'une dizaine d'ouvriers chargés de la maintenance du patrimoine communal, bâtiments publics, écoles, ne se présentaient plus au travail depuis des années et des années en continuant à être payés, qu'ils bénéficiaient même d'avancements dans leur carrière. Il les a fait convoquer par lettre recommandée, et s'est retrouvé devant des gens qui tombaient des nues, pour qui le fait de recevoir un salaire sans fournir de travail en échange était une situation normale. En gros, ils le valaient bien. Ils se prévalaient d'accords avec leurs chefs, de services rendus, de renvois d'ascenseurs… Des ascenseurs qui marchaient du tonnerre de Dieu, ceux-là ! Le directeur s'était également étonné du volume de matériel de rénovation qui transitait par ses services, tuiles, fenêtres, charpente, parpaings, peinture… En fait, des camions chargés jusqu'à la gueule partaient vers la proche province le vendredi pour nourrir tous les chantiers des résidences secondaires que les petits malins bien en cour avaient achetées dans l'Yonne, en Seine-et-Marne, dans l'Eure, dans le Perche et jusque sur les îles bretonnes… Sa mise à l'écart a été interprétée par beaucoup comme le renouvellement du droit à magouiller. On voit aujourd'hui où ça nous a conduits.

Serge pose sa cigarette électronique sur la table.

— On avait mis le clignotant rouge pour le convoyeur qui avait déjà trempé dans cette histoire du kilo de poudre… Ils ont préféré fermer les yeux avec le vice de procédure comme alibi… Résultat, une simple mise à pied d'une semaine et rebelote… Ils l'ont bien cherché…

Je lui pose la question qui me brûle les lèvres.

— Ils sont couverts, c'est impossible autrement. Ils ont des complicités bien plus haut placées, sinon ils ne prendraient pas autant de risques. Vous ne croyez pas ?

Le policier jette un regard furtif à Richard Guelmi qui lui répond par une mimique l'autorisant à s'épancher en toute confiance.

— Je pourrais difficilement prétendre le contraire alors que mon chef suprême, le grand manitou des Stups, vient d'être mis en examen pour trafic de drogue et que des dizaines de kilos de coke s'évaporent mystérieusement du Saint des Saints, le 36 quai des Orfèvres… La société est tellement gangrenée que j'en viens à me demander si des gens comme moi ne doivent pas se faire hara-kiri…

— C'est-à-dire ?

— Je pense qu'il faut faire comprendre aux princes qui nous gouvernent que le temps est venu de légaliser. Au moins le cannabis. Nous sommes entrés dans un système absurde. Vous savez comment on travaille ? Les services de répression s'appuient sur des indics, des balances, pour faire transiter une tonne de produit. Une moitié du butin va être saisie en fanfare, avec photo officielle du ministre de l'Intérieur devant la prise, tandis que l'autre moitié de la came pourra inonder le marché ! Ils se sont tous prêtés à la mascarade, et le petit dernier devra faire son selfie comme les autres. Le trafic d'herbe, en France, se concentre principalement sur les Bouches-du-Rhône et la Seine-Saint-Denis avec un net avantage à cette dernière qui rafle cinquante pour cent du volume ! Ça va chercher dans le milliard et demi d'euros de chiffre d'affaires en année pleine, rien que pour ce département. Pour vous donner une idée, le montant que le 9.3 consacre au paiement du revenu de solidarité active et à l'allocation des adultes handicapés se monte à huit cents millions d'euros, la moitié, et cela permet à cent mille personnes de survivre. Si on accepte de regarder les choses en face, ça veut dire que la came fait vivre, ici, des dizaines et des dizaines de milliers d'individus. C'est le premier employeur du département après la plate-forme aéroportuaire de Roissy ! L'herbe a servi d'amortisseur social. Elle a été utilisée comme anesthésie locale. Sans elle, les cités brûleraient en permanence ! Tout le monde y trouve son avantage. Il y a vingt ans, les élus du coin ont combattu le phénomène par l'action culturelle, l'action sociale, avant de baisser les bras. En 2014, dans des villes comme Aubervilliers, Saint-Denis, Noisy-le-Sec, Bobigny, et à Courvilliers bien sûr, des têtes de liste aux municipales ont passé alliance avec les bandits du secteur pour se faire élire ou se maintenir en place. Ce qu'ils n'avaient pas prévu, c'est que les caïds s'apercevraient assez vite qu'ils étaient plus forts, plus organisés, plus fortunés, que les appareils politiques. Regardez : tous les partis traditionnels sont partis en sucette ! Les voyous exigent maintenant leur part du gâteau quand ce n'est pas le gâteau tout entier. Et la perspective des jeux Olympiques aiguise un peu plus leur appétit… Si tout demeure en l'état, on assistera aux Jeux les plus propres de toute l'histoire de l'olympisme. Pas la moindre trace de produits dopants dans le sang des athlètes qui évolueront pourtant au cœur d'un territoire inondé de came ! S'ils n'ont pas le courage, en haut lieu, de casser le trafic et son cortège de corruption, de criminalité, qu'ils s'inspirent au moins de la loi SRU…

Je commande un deuxième café brésilien ainsi qu'un croissant.

— Quel rapport ? La loi SRU, cela concerne la rénovation urbaine, la construction de logements sociaux…

— Oui, mais le principe est bon : répartir les cités populaires sur tout le territoire au moyen de quotas… Qu'ils aient l'honnêteté de faire la même chose pour le cannabis au lieu de tout faire peser sur ce département ! Qu'ils éparpillent les dealers à travers le pays ! Que les députés votent une loi SRU de la dope…

— Vous êtes sérieux ?

— Non, bien pire : désespéré.

En face, un mouvement de foule annonce l'arrivée du maire. Je pose mes mains sur les poignées de la chaise roulante pour aider Richard Guelmi à franchir le seuil du café ainsi que les trottoirs. Nous arrivons juste à temps pour entendre Muletier prononcer laborieusement son court communiqué. Flanqué de plusieurs de ses collaborateurs dont Gérard Topolino et Pascal Ochaulla, il écorche un mot sur deux, en proie à des accès de bégaiement provoqués par l'émotion et la présence des caméras.

— En ma qualité de maire de Courvilliers, je voudrais tout d'abord remercier les services de la douane et de la police pour leur action au service de la sécurité de nos concitoyens. Notre ville s'est toujours montrée au premier rang dans la lutte contre les trafics de toute sorte, et c'est avec un profond sentiment d'injustice, de trahison que je dois constater l'implication de membres du personnel communal dans l'acheminement d'une quantité significative de drogue dans les locaux du garage. Je fais confiance à la justice pour mener une enquête minutieuse qui ne laissera aucun détail dans l'ombre. Sans attendre les conclusions de l'audit interne que j'ai diligenté, j'ai pris la décision de dissoudre le centre technique municipal et d'en confier la gestion à une entreprise privée. Les effectifs actuels seront réaffectés dans d'autres entités après leur audition par une commission de contrôle administrative. J'ai écrit dès ce matin un courrier au ministre de l'Intérieur afin de dénoncer une nouvelle fois le manque d'effectifs dans notre commissariat et la baisse des dotations d'État qui étrangle nos communes. Je vous remercie.

Je retourne dans la salle d'O Cangaceiro en

compagnie de Richard. Le chef nous propose une moqueca de poisson en plat du jour. Il détaille sa recette, de la morue dessalée et des crevettes cuites dans une sauce jaune au lait de coco, assez relevée. Nous nous laissons convaincre par sa spécialité qu'il dépose sur la table tandis que Richard commente la prestation de Muletier.

— Bien sûr que l'État a sa part de responsabilité dans le désastre, mais les deux tas de merde qui l'encadraient, Ochaulla et Topolino, ils y sont aussi pour quelque chose, non ? Allez, on parle d'un autre sujet pour ne pas nous contrarier l'appétit !

Sur le chemin du retour, alors que je longe le square du centre-ville, je reçois un appel de François depuis la clinique de Portejoie. Il tient à me prévenir de l'arrivée d'un pli recommandé. Je m'assois sur un banc, près d'une aire engazonnée où un groupe de femmes chinoises pratique le qi gong sur des airs de musique asiatique. Je lui demande d'ouvrir l'enveloppe. J'entends le bruit du papier déchiré.

— C'est une convocation au tribunal correctionnel de Rouen, pour la semaine prochaine.

Je passe en revue, dans ma tête, la courte liste des clients mécontents. Il s'agit en fait d'une vieille affaire. Elle date de près de deux ans, et je la croyais enterrée.

— Pose-la sur mon bureau, je verrai ça en rentrant…

Je me remets en marche vers la rue Alfred-Jarry en repensant à ce conflit pour lequel j'avais été appelé à témoigner en qualité d'expert vétérinaire. J'avais, à l'époque, procédé à l'examen d'un âne qu'un couple avait offert à sa fille et qui vivait paisiblement dans le jardin de leur pavillon. Il m'était arrivé de le soigner pour des infections bénignes, des toux. Là, il s'agissait de tout autre chose puisque l'épouse avait porté plainte contre son mari pour mauvais traitements et torture envers un animal de compagnie, produisant à l'appui de ses dires des photos prises depuis une fenêtre d'étage, montrant son conjoint sodomiser le bourricot. J'avais rédigé un rapport attestant que la bête ne présentait aucune lésion ni troubles du comportement à la suite de cet accouplement. Le propriétaire indélicat évoquait quant à lui un hypothétique consentement, l'animal accueillant, prétendait-il, ses approches par des braiments de contentement. Troublé par cette argumentation, j'avais potassé l'article 521.1 du Code pénal sur lequel il adossait sa défense :

> *Le fait, publiquement ou non, d'exercer des sévices graves, ou de nature sexuelle, ou de commettre un acte de cruauté envers un animal domestique, ou apprivoisé, ou tenu en captivité, est puni de deux ans d'emprisonnement et de 30 000 euros d'amende.*

La suite de la lecture n'avait fait qu'accroître mon embarras, la loi précisant que :

> *Les dispositions du présent article ne sont pas applicables aux courses de taureaux lorsqu'une tradition locale ininterrompue peut être invoquée. Elles ne sont pas non plus applicables aux combats de coqs dans les localités où une tradition ininterrompue peut être établie.*

Rien de tout cela ne m'avait été transmis pendant mes années d'études. La jurisprudence écartait également de son champ le gavage des oies et des canards pour lequel la pénétration se pratique, comme on le sait, par l'orifice supérieur. Ainsi, il était licite, pour un propriétaire de coq ou de taureau, de sacrifier son animal aux jeux du cirque, de le faire combattre jusqu'à la mort, puis de l'ingérer sous forme de plat en sauce, tandis que ce même propriétaire subissait les foudres de la loi s'il le prenait à revers et par surprise.

Je m'apprête à passer un moment dans le jardin pour profiter du soleil quand Sakina, la mère de Rayan, me téléphone. Sa voix est brisée par l'émotion, elle est incapable de retenir ses larmes, et je me rends aussitôt dans son appartement de la cité Fougeron. Dès mon arrivée, elle me tend une lettre qu'elle vient de recevoir. L'enveloppe, affranchie en Thaïlande la veille de sa mort, contient une carte postale de Ko Phi Phi sur laquelle court l'écriture de Rayan : « *Petite maman, je pense souvent à toi et tu me manques. J'ai une bonne nouvelle à t'annoncer : j'ai décidé de venir passer plusieurs jours à Courvilliers, pour revoir la famille et régler une affaire qui me soucie depuis trop longtemps et qui nous soulagera tous, toi et moi, bien sûr, Loubna aussi et surtout Sylvia. Je t'en dirai plus quand je te verrai. Ton fils qui pense à toi.* »

CHAPITRE 14

Pour rentrer à mon appartement, je contourne le cimetière et je m'apprête à couper par la cité Grindel quand les cris d'Artana ! Artana ! retentissent de tous côtés. Je comprends assez vite que les messages d'alerte des dealers ne sont pas destinés à prévenir de ma présence, mais plutôt de l'approche d'une maraude de trois policiers circulant sur des vélos tout-terrain. La patrouille n'insiste pas et repart vers le boulevard. Je m'enfonce dans le dédale des ruelles, soumis à un véritable déluge de décibels qui se déverse sur le quartier. Je frôle des physionomistes encagoulés qui me toisent avec insistance. Le chien qu'un des guetteurs tient au moyen d'une chaîne métallique très courte se met à vomir une sorte de bile foncée lorsque je passe près de lui. Je ralentis mon pas, m'arrête pour m'adresser au maître.

— Ça lui arrive souvent ?

Le type me toise d'un air qu'il voudrait mauvais.

— Qu'est-ce que ça peut te foutre, c'est pas ton chien…

— Non, ce n'est pas mon chien, mais j'aime bien les mastiffs, même si ce ne sont pas des bêtes faciles… Ce n'est pas bon signe quand c'est noir comme ça… Est-ce qu'il a eu des diarrhées ces derniers jours ?

Ma question le déconcerte visiblement. Il finit par me répondre.

— Oui, il est patraque depuis hier… Comment tu le sais ?

— Ils ont l'air costaud, mais ils sont très fragiles. J'en ai vu partir en moins de trois jours dans des souffrances atroces. À mon avis, il a chopé une saloperie qui traîne un peu partout en ce moment… Si on ne vaccine pas ton chien rapidement, le virus va atteindre la paroi des intestins, s'installer dans la moelle épinière, et si on ne fait rien, ses chances de survie sont minimes… Moins de dix pour cent. À ta place, j'irais le montrer à un vétérinaire. Il peut le sortir d'affaire en moins de cinq minutes, avec une piqûre. C'est quoi cette musique, il y a une fête ?

— Si on veut… On tourne le clip d'un groupe de gars d'ici, Goes De Dock… En tout cas, merci pour les conseils.

Mis en confiance, il me laisse pénétrer dans le périmètre interdit. Plusieurs centaines de personnes se trémoussent en cadence sur l'esplanade recouverte de gazon située entre les quatre tours HLM. La foule marche derrière trois rappeurs habillés de cuir noir, des chaînes dorées passées autour du cou, les doigts ornés de bagues, de chevalières. Ils scandent les paroles guerrières d'un hymne à la banlieue. Le chef opérateur, allongé sur le capot d'une grosse Mercedes roulant en marche arrière, capte la scène en faisant virevolter la caméra, s'autorisant des plans furtifs sur les chairs abondantes d'une demi-douzaine de jeunes femmes en string juchées sur des talons vertigineux. Derrière, des figurants encagoulés agitent des battes de base-ball, d'autres pointent l'index et le majeur joints en forme de gun vers l'objectif. Au moment précis où les chanteurs et les choristes entrent dans le hall de l'immeuble situé à ma droite, un drone équipé d'une caméra prend son envol, et je peux suivre les images vertigineuses qu'il filme automatiquement sur un moniteur de contrôle posé dans un caddy. L'engin se stabilise au-dessus du dix-huitième étage, et je vois réapparaître les scandeurs de rap sur la terrasse du bâtiment occupée pour moitié par une piscine hors-sol de belle dimension où les nymphettes dénudées plongent aussitôt.

Je reprends mon chemin vers la rue Alfred-Jarry. Les mots de Rayan tournent dans ma tête au rythme de la musique dont l'écho s'atténue peu à peu : « *J'ai décidé de venir passer plusieurs jours à Courvilliers, pour revoir la famille et régler une affaire qui me soucie depuis trop longtemps et qui nous soulagera tous, toi et moi, bien sûr, Loubna aussi et surtout Sylvia.* »

Sylvia, surtout... Je ralentis en arrivant au coin de la rue Crevel, le temps d'allumer une cigarette, quand un type assez âgé se plante devant moi. Son allure détonne un peu dans le quartier, longs cheveux blancs qui s'échappent d'un chapeau noir à larges bords, gabardine sombre passée sur un costume trois pièces à rayures, santiags ouvragées.

— Bonjour, je crois qu'on se connaît... Vous ne seriez pas Erik... Excusez-moi, j'ai le prénom, mais votre nom ne me revient pas...

— Ketezer... Erik Ketezer...

Il soulève légèrement son couvre-chef.

— Oui, c'est ça ! Je l'avais sur le bout de la langue. Moi c'est Fabien Balarian. Nous nous sommes rencontrés il y a plus de dix ans dans une salle de la cité Fougeron. Je mettais en scène *Le théâtre et la peste* d'Antonin Artaud, et c'est votre amie de l'époque, Sylvia je crois, qui portait ce texte très éprouvant... C'est un grand souvenir : les dernières convulsions d'une pestiférée au visage déformé par l'angoisse. Elle nous faisait sentir sa gorge sèche et brûlante, la souffrance, la fièvre, le feu de ses entrailles... Très douée... Elle monte toujours sur les planches ?

Je suis incapable de mettre des mots sur ma solitude, lui dire par exemple qu'elle a rejoint Artaud dans les espaces asilaires.

— Non, elle a dû y renoncer en raison de problèmes de santé... Je me rappelle aussi du *Funambule* de Jean Genet... Joué par une femme, ça change tout. Et vous, vous continuez l'aventure ?

— Oui, je ne sais faire que cela. Je suis tombé dans le spectacle tout petit, à cause de mon grand-père et ça ne m'a jamais plus quitté.

— Il était également comédien ?

— Non, arménien ! Il travaillait comme ouvrier casquettier à Belleville. Un as de la visière, comme disait ma grand-mère. Il s'était enrôlé dans le groupe Manouchian, des francs-tireurs parisiens qui faisaient le coup de feu contre les nazis. Je ne l'ai pas connu. Son nom est sur une plaque de rue, à deux pâtés de maisons d'ici. Il a été fusillé en 1944.

Je l'invite à prendre un verre cent mètres plus loin, dans mon palace Airbnb pour profiter des derniers rayons du soleil. Nous nous installons dans le jardin où j'ouvre la deuxième bouteille de chinon offerte par l'ancien directeur des services administratifs de Courvilliers. Le vin aidant, je m'épanche sur les raisons de ma présence dans une ville qui, après quelques années d'absence, fait exploser tous les repères que je croyais solidement ancrés dans ma mémoire. L'épagneul vient se frotter contre ma jambe. Il pose sa tête sur ma cuisse, mendiant les caresses de son air de chien battu. Fabien Balarian me regarde avec insistance, un sourire aux lèvres.

— Moi aussi, j'ai mal à cette ville ! Un véritable crève-cœur. Elle m'a tout donné avant de me présenter la facture… La douloureuse, comme on dit. C'est grâce à elle que la vocation m'est tombée dessus, en 1964, aux alentours de mes dix ans. La municipalité organisait la commémoration du vingtième anniversaire de l'exécution des membres du groupe Manouchian, et on m'avait choisi, en tant que petit-fils de l'un des martyrs, pour venir réciter le poème d'Aragon… *Vingt et trois étrangers et nos frères pourtant…* J'étais un élève médiocre, un habitué des fonds de classe, près du radiateur… Le fait de porter un texte magnifique qui évoquait le sacrifice d'un membre de ma famille, ça m'a remué les tripes comme jamais auparavant. Je devais être mauvais, à déclamer derrière le rideau de larmes qui brouillait ma vue, pourtant les gens rassemblés sur la place de la mairie ont applaudi à tout rompre pendant une éternité. Après, on m'a demandé de réciter du Paul Éluard pour la fête de la libération de la ville, du Robert Desnos pour les fusillés de Châteaubriant, le Chant des marais pour le jour des Déportés, du Federico García Lorca en version originale pour les républicains espagnols… Je me suis constitué un répertoire. Quand le Commandeur a créé le théâtre municipal, j'ai été le premier à m'inscrire aux cours de comédien amateur. C'est là que les metteurs en scène dénichaient les figurants pour leurs pièces. J'ai décroché des rôles muets, des silhouettes, aux côtés de Marie-Christine Barrault, de Nathalie Baye, de Clément Harari, de Pierre Santini. Jusqu'au jour où Claude Confortès, un ami de la bande d'*Hara-Kiri*, m'a confié une paire de répliques… Ensuite, j'ai été le ventriloque de Molière, de Panizza, de Strindberg, de von Kleist, de Beckett… J'ai passé ma vie à dire les mots des autres en croyant que c'étaient les miens…

— Et en ce moment, qui est-ce qui parle par votre bouche ?

Il hausse les épaules en esquissant une moue où se lit un peu de coquetterie.

— Charlotte Delbo, mais ses mots ne résonnent pas ici. Cela fait quatre ans que je suis consciencieusement censuré par la clique en place depuis les dernières élections. On a interdit mon nom dans les publications municipales, mon association s'est vue privée de toute subvention, on me refuse les salles sans aucune justification. L'année passée, une bibliothécaire un peu naïve m'avait sollicité pour participer à une table ronde sur la poésie contemporaine à la médiathèque. Le cabinet du maire est aussitôt intervenu pour interdire ma venue. On ne m'invite plus aux commémorations. Ce sont des barbares. S'ils pouvaient effacer le nom de mon grand-père de sa plaque de rue, ils le feraient…

Je fais une incursion dans la cuisine pour couper quelques rondelles de saucisson et de chorizo, verser des chips dans une assiette creuse.

— C'est assez violent ! Qu'est-ce que vous leur avez fait ?

— Tout est parti d'un apéro paisible, comme celui-là, quelques semaines avant les élections de 2014. On était rassemblés à l'invitation de Brahim

Tandler qui se présentait sur la liste du Front de gauche et lorgnait sur le poste de maire adjoint à la Culture. On devait être une trentaine dans son appartement, des responsables d'associations, des peintres, des comédiens, des artistes inclassables qui se sont installés dans des squats, des friches... À un moment de la soirée, je cherchais les toilettes et je suis entré par inadvertance dans son bureau. Je vis entouré de livres, et j'aime bien regarder ce que lisent les gens que je côtoie. Devant une bibliothèque, j'ai le réflexe d'incliner la tête pour déchiffrer les tranches... Et là, je tombe sur des bouquins de Robert Faurisson, de Serge Thion, sur *Les mythes fondateurs de la politique israélienne* de Roger Garaudy. Tout l'arsenal négationniste et antisémite était là, bien rangé. Je suis parti sous un faux prétexte. Le lendemain, j'en ai touché un mot à Simon Rabatin dont le père avait été déporté à l'âge de onze ans par les nazis... Simon, je le connais depuis toujours. Tout gosses, on participait ensemble aux levers de drapeaux, aux sonneries aux morts, c'était notre ADN... Et là, je n'en revenais pas. Au lieu de s'indigner, il a essayé de trouver des excuses à Brahim dont le nom figurait déjà sur les tracts, les affiches. J'ai insisté, j'ai haussé le ton, rien n'y a fait. En ouvrant ma gueule, je les mettais en danger, c'est moi qui devenais l'ennemi à abattre. Je me suis transformé en dissident en moins d'une minute ! Ils ont essayé de faire le vide autour de moi, et ça a marché avec ceux qui leur ressemblent, à Aubervilliers, à Saint-Denis, à Tremblay-en-France... En vérité, ils m'ont rendu service : grâce à leur vigilance, le tri s'est fait, je ne fréquente plus que des gens estimables. Depuis deux ans, en réaction, je tourne avec un spectacle *Tu leur diras, toi, que j'ai eu une belle vie*, basé sur les écrits de Charlotte Delbo. Chacune de ses phrases vous élève. Je leur laisse bien volontiers Dieudonné, Alain Soral, Mehdi Meklat et le Parti des indigènes de la République.

— Et l'ancien maire, le Commandeur, il ne dit rien ?

Un voile de tristesse passe dans ses yeux.

— Il est grandement responsable de tout ce qui arrive aujourd'hui, mais il s'est réfugié depuis longtemps dans la contemplation de sa propre image. Il aurait pu être comédien ! Il n'est plus élu depuis des années, mais il bénéficie toujours de sa voiture de fonction, d'un bureau en mairie, d'une secrétaire… On en épingle pour bien moins que ça chaque semaine dans *Le Canard enchaîné*. Je l'aimais bien, j'avais même de la considération pour lui… J'ai pris conscience qu'il déraillait il y a cinq ou six ans lors de l'inauguration d'une exposition d'artistes de street art à deux pas d'ici. Il a débarqué dans la salle avec une équipe de preneurs de son. Il est venu vers moi pour me dire : « Fabien, je suis avec les gens de France Culture qui me consacre deux heures d'antenne… Tu serais d'accord pour être interviewé ? » J'accepte, naturellement, et là il ajoute : « L'émission, c'est sur moi… Rien que sur moi… Ils vont t'interroger… Tu ne parles pas de l'exposition, hein, ce n'est pas ça qui les intéresse… Tu parles de moi… » Quand ils m'ont tendu le micro, je me suis lancé dans une impro sur les sculptures de néon, sur les graffs, sur les tags, les sauvages tatouages des villes. Rien n'est resté au montage…

Le propriétaire fait une brève apparition pour demander à son chien de rentrer à la maison. Je l'invite à trinquer avec nous. J'attends qu'il s'éloigne pour relancer Fabien Balarian.

— Pour en revenir à ce Brahim Tandler, il s'est calmé une fois élu ?

— En apparence seulement. Je me fais un devoir d'assister à tous les conseils municipaux afin de juger sur pièces. On y apprend énormément de choses qui n'auront aucun écho dans le journal mensuel édité à la seule gloire de nos chers édiles. La dernière fois qu'il est intervenu, c'était lors des délibérations pour permettre d'édifier des bâtiments cultuels provisoires en attendant la construction de la mosquée. Un projet en dur embourbé depuis plus de dix ans… La discussion divisait les conseillers en deux camps égaux. Tous les imams du secteur avaient fait le déplacement. Ils se tenaient au premier rang. Au moment de l'explication de vote, Brahim Tandler a baissé la tête pour déclarer : « Pour cette fois, je ne m'exprimerai pas en tant que citoyen mais en tant que musulman, et je choisirai de dire oui… » Personne n'a bronché, même pas le maire, Muletier, qui est pourtant le garant de la laïcité républicaine. J'ai essayé d'en savoir davantage sur ces directeurs de conscience de Courvilliers qui avaient tant de pouvoir sur nos élus. Je n'ai même pas eu besoin de me rendre à la mosquée, les prêches du principal imam de Courvilliers sont disponibles sur internet.

Tout en me parlant, il manipule le clavier de son smartphone à la recherche d'un fichier.

— Je ne suis pas une flèche dans le maniement de ces engins, la technologie et moi ça fait deux, mais j'ai réussi à mettre le doigt dessus. Tenez, regardez. Attendez, je monte le son.

Une pluie d'étoiles traverse l'écran basculé à l'horizontale, accompagnée d'une musique sidérale avant que la caméra ne surfe sur une foule de plusieurs centaines d'hommes assis à même le sol d'un hangar aux murs de tôle recouverts de tapis. Le plan se focalise ensuite sur un homme d'une soixantaine d'années assis derrière une table, le crâne dissimulé sous un châle, et qui lisse lentement sa longue barbe. Il tapote le micro posé devant lui pour réclamer le silence, attirer l'attention de son auditoire.

— Vous le savez, je suis un blédard, et au bled on a été éduqués bien autrement qu'ici et que la majorité de ceux qui sont dans cette salle. Je vais vous parler de la manière dont il faut transmettre les valeurs d'Allah à votre progéniture, comment lui laisser une empreinte positive. Un seul mot résume tout : la pudeur. Ce n'est pas quelque chose qui s'explique, c'est inné. Chez moi, ça venait par le regard. Mon père n'avait qu'à froncer les sourcils pour que je comprenne. Pas besoin de mots : si tu ne saisis pas le signe, ça va être ta fête. Voilà ce que ça voulait dire ! Aujourd'hui, vos enfants entrent chez le boulanger, chez l'épicier sans un salut, rien. Nous, c'était automatique, Salam malekoum… Si tu ne fais pas ça, tu es qui ? Tu es le fils de qui ? Tu es le fils de la génération Pampers, de la génération Apple, de la génération petit suisse Gervais, voilà ce que tu es ! Rien ! Voilà l'éducation qu'on reçoit dans l'école scolaire de par ici, alors qu'il faudrait sans relâche inculquer la valeur de la pudeur. La pudeur, dans les écoles d'ici, on la désactive. Pourtant, vous le savez, si une sœur entre sans frapper dans la salle de bains où se lave son frère, qu'est-ce qu'il fait ? Hein, qu'est-ce qu'il fait ? Il pose ses mains sur ses parties intimes, par pudeur. On ne lui a pas appris, personne ne le lui a dit. C'est inné, c'est la pudeur. Je vais vous donner un exemple concret… J'ai l'âge d'être grand-père, et il m'arrive d'emmener ma petite-fille à l'école maternelle, là où on leur apprend *La souris verte* et toutes les gogoleries de ce genre… *Trempez-la dans l'huile, trempez-la dans l'eau, ça fera un escargot tout chaud…* Vous connaissez la suite, c'est même vulgaire : *Je la mets dans ma culotte, elle me fait trois petites crottes…* Elle ne rime à rien cette chanson ! Qu'est-ce qu'elle apporte à ma petite-fille cette chanson ? Rien ! Et soixante millions de Français qui radotent en famille : *Une souris verte…* À l'école maternelle, j'ai rencontré son instituteur, avec une queue-de-cheval. Une caricature de la théorie du genre. Bizarrement positionné. Je ne savais même pas comment je devais l'appeler, je ne savais pas si je devais lui dire *bonjour monsieur, bonjour madame*, peut-être *bonjour messieurs dames*…

Il attend que les rires provoqués par son sketch s'apaisent pour continuer son sermon.

— La petite était stressée, et elle m'a demandé si elle pouvait aller aux toilettes. Je l'ai accompagnée et, là, j'ai été vraiment choqué. Pas de portes aux toilettes, garçons et filles ensemble… Mélangés. Pas de portes, vous avez bien entendu. Tu le sais aussi toi, mon frère, je n'invente pas ! Merci… Et pourquoi ? Vous vous êtes posé la question du pourquoi ? J'ai la réponse ! Tout simplement pour enlever la pudeur ! C'est à ça que sert cette école, on leur apprend à ne pas avoir de slip dès la maternelle ! Et ce n'est pas fini. Je vois un garçon sortir à côté avec son matos à la main. Devant ma petite-fille, avec son matos à la main ! Méfiez-vous, mes amis. Vous êtes musulmans. N'acceptez pas qu'on enlève leur pudeur à vos enfants. C'est vous qui êtes responsables. Vous êtes les gardiens de la pudeur de vos enfants.

Je lui rends son téléphone.

— J'en ai assez entendu… Je ne m'imaginais pas que c'était comme ça. On dirait du stand-up de dernière catégorie…

Il se lève et nous parlons encore en marchant jusqu'à la porte.

— J'ai fait quelques recherches à ce sujet… La chanson *La souris verte* date de plus de trois cents ans… À l'époque la culotte ce n'était pas la *petite* culotte mais le pantalon… Quand on dit que dans un couple c'est la femme qui porte la culotte, c'est qu'elle porte le pantalon… Et pas un, en face, pour lui balancer qu'il ne raconte que des conneries. Sûrement par pudeur ! Le pire, c'est qu'il remet le couvert toutes les semaines sur un sujet différent. Il formate les cerveaux, le blédard ! Par centaines, par milliers… Je trouve ça vraiment désespérant…

CHAPITRE 15

Loubna me passe un coup de fil à son tour, depuis Montréal, alors que je finis de prendre mon petit déjeuner. Elle a également reçu un courrier de Rayan, la veille, comme sa mère, dans lequel il lui confie qu'il s'apprête à revenir à Courvilliers pour régler son compte à Pascal Ochaulla mais sans indiquer les raisons de sa détermination. Elle me lit quelques passages de la lettre.

— Il reparle aussi de ce que nous avons fait… Le placement de Sylvia… Il dit qu'il ne se le pardonnera jamais, qu'il a maintenant compris… Qu'il m'en dira plus quand on se reverra.

— Il ne donne pas de précisions ?

— Non. Et toi, de ton côté, tu as du nouveau ?

— Pas vraiment. La ville a changé du tout au tout, il faut avoir le mode d'emploi. J'ai l'impression de vivre à côté d'un essaim de frelons.

Je prends ma décision dans la minute qui suit notre rapide conversation transatlantique. Je passe faire le plein de la voiture à la station du

Simply, puis je rejoins l'autoroute de Normandie par l'A86. Je contourne l'agglomération rouennaise quand les ondes de France Info diffusent la nouvelle, en milieu du journal de midi :

— La ville de Courvilliers ne quitte décidément plus l'actualité. Après l'arrestation d'un cadre communal qui proférait des menaces de mort habillé en djihadiste puis la saisie de plusieurs centaines de kilos de cannabis dans le garage municipal, nous apprenons que le directeur des services municipaux, monsieur Pascal Ochaulla, aurait été enlevé, tôt ce matin, par un commando dont la police recherche activement les membres. Nous ne manquerons pas de tenir nos auditeurs informés des développements de cette nouvelle affaire.

Le même texte repasse en boucle, trois fois le long du parcours, sans que la promesse finale du journaliste ne soit tenue. Il est tout juste quatorze heures quand j'immobilise la voiture près de la haie de rosiers nains. L'hôtesse d'accueil du Centre Esquirol m'avertit que les pensionnaires n'ont pas encore rejoint leurs chambres, qu'ils finissent pour la plupart leur repas dans la salle de restaurant. Je patiente en lisant distraitement le journal édité par l'hôpital dont la première page est consacrée au compte-rendu d'un concert offert aux malades par un slameur des environs.

Sylvia ne manifeste pas la moindre réaction en me voyant apparaître dans l'encadrement de la porte. Son regard se dirige vers moi, mais c'est comme s'il me traversait pour se perdre dans l'infini. Elle est assise sur le rebord de son lit, comme recroquevillée, les écouteurs sur les oreilles, et des bribes de musique classique, les *Carmina Burana, Cantiones profanae*, me parviennent par instants. Je la trouve chaque fois plus amaigrie, sa peau tendue sur ses pommettes dessinant, creusant, l'articulation des mâchoires... Je m'approche, et j'aperçois tout de suite l'enveloppe posée sur la table de nuit avec son timbre thaïlandais. Elle n'a pas été ouverte. Je m'incline pour déposer un baiser sur le front de celle que j'aime, puis j'étends le bras pour saisir la lettre.

— Tu veux bien que je te la lise ? C'est Rayan qui t'écrit...

Je n'attends pas de réponse. Je déchire le coin supérieur droit puis j'ouvre le pli. Une feuille couverte d'une écriture serrée. Je parcours les mots qu'il lui adresse, à haute voix, tandis que le double chœur de l'Opéra de Berlin entonne *Veni, veni, venias...*

— « *Ma petite sœur, ça me fait toujours drôle de t'appeler ainsi alors que tu as sept ans de plus que moi mais j'en ai pris l'habitude, petite sœur. Je pense souvent à toi ici, à l'autre bout du monde, et j'ai honte de ce que nous avons fait, d'autant plus honte que je viens seulement de comprendre que tu avais fait la seule chose possible mais que le monde était incapable de l'admettre. Depuis des mois, je cherchais un peu d'argent pour financer mes explorations dans la mangrove, et j'ai fini par accepter de rencontrer des gens pas très clairs qui réinvestissent à Phuket l'argent de leurs trafics. On se rencontrait dans des boîtes, des bars du quartier des 4 000, à Patong. Il y a trois jours, j'étais avec toute une bande de Courvilliers dans un endroit en vue, La Tentation. Des voyous, des huiles municipales, cornaqués par un maire adjoint, Topolino… Ils soignaient le décalage horaire à la vodka. L'avantage que j'ai sur eux, c'est que je n'ai jamais bu une goutte d'alcool, que je garde le contrôle. On est parvenus assez rapidement à un accord, et ils l'ont fêté en commandant une nouvelle tournée. Ils sont tous partis vers les boîtes à filles, les uns après les autres, et je suis resté en tête à tête avec Romain Danvers qui occupe un poste à responsabilité au garage municipal. Il a commencé à me raconter sa vie. Il est né à Saint-Denis mais il a toujours vécu à Courvilliers. Il y a tout fait, de la maternelle au lycée, les centres aérés, l'office de la jeunesse et les colonies, d'abord comme vacancier puis comme moniteur et directeur adjoint… Il se souvenait particulièrement de l'été 1981, à Locmariaquer dans le golfe du Morbihan. Il se vantait d'avoir couché avec une bonne partie des adolescentes de treize, quatorze ans, qui passaient là un mois à apprendre les rudiments de la navigation à voile. Qu'elles le veuillent ou non. Il se rappelait précisément d'une des gamines, la plus belle, la plus séduisante, Sylvia, qu'il n'avait pu approcher parce que c'était la chasse gardée du directeur. J'avais envie de le massacrer. Il m'a fallu beaucoup de calme pour lui faire dire le nom de celui qui a abusé de toi, et quand il l'a enfin prononcé, tout est devenu limpide. Pascal Ochaulla. J'ai compris pourquoi tu avais accompli ce geste insensé, ce geste fou de venir te soulager sur la tombe à peine refermée de son père... "Soulager" est bien le mot exact... Je ne me pardonnerai jamais, petite sœur, de ne pas avoir été à tes côtés ce jour-là. Rien ne pourra jamais racheter ma faute, mais je sais maintenant ce qui me reste à faire. Ton frère qui n'a cessé de t'aimer. Rayan.* »

Je replie la lettre, les mains tremblantes, avant de la glisser dans le tiroir de la table de nuit de Sylvia, puis je repars après l'avoir embrassée. On n'avait pas laissé à Rayan le temps de mettre son projet à exécution, et selon toute vraisemblance c'était ce Romain Danvers, le chauffeur du camion rempli de cannabis, qui s'était chargé du sale boulot. Je connaissais la fragilité de Sylvia, mais elle ne s'était jamais confiée à moi à propos de cet épisode de centre de vacances. Les phrases pour exprimer sa souffrance étaient impossibles à articuler, une lave en fusion. Elle ne pouvait rien dire d'elle-même, elle exprimait son désespoir avec les mots d'Artaud, avec les mots de Genet, ceux de Burroughs ou de Desnos...

Nuit de luxure nuit de chute dans l'abîme
Nuit de chaînes sonnant dans la salle du crime
Nuit de fantômes nus se glissant dans les lits...

Alors que j'ai quitté l'autoroute depuis dix minutes et que j'approche de Portejoie, la radio annonce la mort de Pascal Ochaulla. Son corps criblé de balles vient d'être retrouvé près d'une voiture incendiée sur un terrain vague, près d'un échangeur de l'A86. Richard Guelmi me téléphone quelques minutes plus tard. L'exécution d'Ochaulla ne l'étonne pas. Il se murmurait avec insistance qu'on lui avait fait payer la saisie du fourgon aux portes du garage municipal, qu'il l'aurait même organisée pour le compte des douanes en échange de passe-droits.

— Ça expliquerait son immunité pendant toutes ces années… Je ne serais pas étonné que Muletier démissionne dans les heures qui viennent pour laisser son fauteuil à sa première adjointe. Tout changer, en apparence, pour que le vieux monde reste en place.

Une femme vient à ma rencontre alors que je descends tout juste de voiture. Elle porte un panier d'osier où repose une minuscule boule entourée de longs poils blancs.

— Je ne sais pas ce qu'il a, il respire de plus en plus faiblement… Sauvez-le docteur, je vous en supplie, sauvez-le…

Je pose la main sur le corps tiède du chien, un Lhassa apso de deux ou trois ans.

— Ne vous inquiétez pas. Suivez-moi, on va faire ce qu'il faut.

Grosseto-Prugna – Aubervilliers, septembre-octobre 2017

DU MÊME AUTEUR

Aux Éditions Gallimard

RACONTEUR D'HISTOIRES, *nouvelles* (Folio n° 4112).

CEINTURE ROUGE précédé de CORVÉE DE BOIS. Textes extraits de *Raconteur d'histoires* (Folio 2 € n° 4146).

ITINÉRAIRE D'UN SALAUD ORDINAIRE (Folio n° 4603).

CAMARADES DE CLASSE (Folio n° 4982).

PETIT ÉLOGE DES FAITS DIVERS (Folio 2 € n° 4788).

GALADIO (Folio n° 5280).

MÉMOIRE NOIRE (Folio Policier n° 594).

LE BANQUET DES AFFAMÉS (Folio n° 5646).

CORVÉE DE BOIS, en collaboration avec TIGNOUS (Folio n° 6038).

MISSAK, réédition (Folio n° 6447).

ARTANA ! ARTANA ! (Folio n° 6768).

Dans la collection « Série Noire »

MEURTRES POUR MÉMOIRE, *n° 1945* (Folio Policier n° 15). Grand Prix de la littérature policière 1984; prix Paul Vaillant-Couturier 1984.

LE GÉANT INACHEVÉ, *n° 1956* (Folio Policier n° 71). Prix 813 du Roman Noir 1983.

LE DER DES DERS, *n° 1986* (Folio Policier n° 59).

MÉTROPOLICE, *n° 2009* (Folio Policier n° 86).

LE BOURREAU ET SON DOUBLE, *n° 2061* (Folio Policier n° 42).

LUMIÈRE NOIRE, *n° 2109* (Folio Policier n° 65).

12, RUE MECKERT, *n° 2621* (Folio Policier n° 299).

JE TUE IL..., *n° 2694* (Folio Policier n° 403).

Dans « Page Blanche » et « Frontières »

À LOUER SANS COMMISSION.

LA COULEUR DU NOIR.

Dans « La Bibliothèque Gallimard »

MEURTRES POUR MÉMOIRE. *Dossier pédagogique par Marianne Genzling, nº 35.*

TROIS NOUVELLES NOIRES, *avec Jean-Bernard Pouy et Chantal Pelletier,* lecture accompagnée par Françoise Spiess, *nº 194.*

Dans la collection « Écoutez-lire »

MEURTRES POUR MÉMOIRE (4 CD).

Dans la collection « Futuropolis »

MEURTRES POUR MÉMOIRE. *Illustrations de Jeanne Puchol.*

Dans la collection « Albums Beaux Livres »

UN PARFUM DE BONHEUR : LE FRONT POPULAIRE DE FRANCE DEMAY.

Dans la collection « Tracts »

MUNICIPALES : BANLIEUE NAUFRAGÉE.

Aux Éditions Denoël

LA MORT N'OUBLIE PERSONNE (Folio Policier nº 60).

LE FACTEUR FATAL (Folio Policier nº 85). Prix Populiste 1992.

ZAPPING (Folio nº 2558). Prix Louis-Guilloux 1993.

EN MARGE (Folio nº 2765).

UN CHÂTEAU EN BOHÊME (Folio Policier nº 84).

MORT AU PREMIER TOUR (Folio Policier nº 34).

PASSAGES D'ENFER (Folio nº 3350).

Aux Éditions Manya

PLAY-BACK. Prix Mystère de la Critique 1986 (Folio n° 2635).

Aux Éditions Verdier

AUTRES LIEUX (repris avec *Main courante* dans Folio n° 4222).

MAIN COURANTE (repris avec *Autres lieux* dans Folio n° 4222).

LES FIGURANTS (repris avec *Cités perdues* dans Folio n° 5024).

LE GOÛT DE LA VÉRITÉ.

CANNIBALE (Folio n° 3290).

LA REPENTIE (Folio Policier n° 203).

LE DERNIER GUÉRILLERO (Folio n° 4287).

LA MORT EN DÉDICACE (Folio n° 4828).

LE RETOUR D'ATAÏ (Folio n° 4329).

CITÉS PERDUES (repris avec *Les figurants* dans Folio n° 5024).

HISTOIRE ET FAUX-SEMBLANTS (Folio n° 5107).

RUE DES DEGRÉS (Folio n° 5373).

RETOUR À BÉZIERS : RÉCIT.

LE ROMAN NOIR DE L'HISTOIRE.

Aux Éditions Julliard

HORS-LIMITES (Folio n° 3205).

Aux Éditions Baleine

NAZIS DANS LE MÉTRO (Folio Policier n° 446).

ÉTHIQUE EN TOC (Folio Policier n° 586).

LA ROUTE DU ROM (Folio Policier n° 375).

Aux Éditions Hoëbeke

À NOUS LA VIE ! *Photographies de Willy Ronis.*

BELLEVILLE-MÉNILMONTANT. *Photographies de Willy Ronis.*

LA PUB EST DÉCLARÉE.

L'ÉCOLE DES COLONIES.

Aux Éditions Parole d'Aube

ÉCRIRE EN CONTRE, *entretiens.*

Aux Éditions du Cherche-Midi

LA MÉMOIRE LONGUE.

L'ESPOIR EN CONTREBANDE (Folio n° 5689). Prix Goncourt de la nouvelle 2012.

LE TABLEAU PAPOU DE PORT-VILA. *Dessins de Joé Pinelli.*

NOVELLAS (Tome 1).

NOVELLAS (Tome 2).

NOVELLAS (Tome 3).

Aux Éditions Actes Sud

JAURÈS : NON À LA GUERRE !

Aux Éditions de l'Atelier

L'AFFRANCHIE DU PÉRIPHÉRIQUE.

Aux Éditions du Temps des noyaux

LA RUMEUR D'AUBERVILLIERS.

Aux Éditions Éden

LES CORPS RÂLENT.

Aux Éditions Syros

LA FÊTE DES MÈRES.

LE CHAT DE TIGALI.

Aux Éditions Flammarion

LA PAPILLONNE DE TOUTES LES COULEURS.

Aux Éditions Rue du Monde

IL FAUT DÉSOBÉIR. *Dessins de PEF.*

UN VIOLON DANS LA NUIT. *Dessins de PEF.*

VIVA LA LIBERTÉ. *Dessins de PEF.*

L'ENFANT DU ZOO. *Dessins de Laurent Corvaisier.*

MISSAK, L'ENFANT DE L'AFFICHE ROUGE. *Dessins de Laurent Corvaisier.*

NOS ANCÊTRES LES PYGMÉES. *Dessins de Jacques Ferrandez.*

LE MAÎTRE EST UN CLANDESTIN. *Dessins de Jacques Ferrandez.*

LOUISE DU TEMPS DES CERISES : 1871, LA COMMUNE DE PARIS. *Dessins de Mako.*

MAUDITE SOIT LA GUERRE. *Dessins de PEF.*

PAPA, POURQUOI T'AS VOTÉ HITLER ? *Dessins de PEF.*

Aux Éditions Casterman

LE DER DES DERS. *Dessins de Tardi.*

DERNIÈRE SORTIE AVANT L'AUTOROUTE. *Dessins de Mako.*

LA DIFFÉRENCE. *Dessins de Mako.*

LA CHUTE D'UN ANGE. *Dessins de Mako.*

Aux Éditions l'Association

VARLOT SOLDAT. *Dessins de Tardi.*

Aux Éditions Bérénice

LA PAGE CORNÉE. *Dessins de Mako.*

Aux Éditions Hors Collection

HORS LIMITES. *Dessins d'Asaf Hanuka.*

Aux Éditions EP

CARTON JAUNE ! *Dessins d'Asaf Hanuka.*

LE TRAIN DES OUBLIÉS. *Dessins de Mako.*

CANNIBALE. *Dessins d'Emmanuel Reuzé.*

TEXAS EXIL. *Dessins de Mako.*

LE RETOUR D'ATAÏ. *Dessins d'Emmanuel Reuzé.*

Aux Éditions Terre de Brume

LE CRIME DE SAINTE-ADRESSE. *Photos de Cyrille Derouineau.*

LES BARAQUES DU GLOBE. *Dessins de Didier Collobert.*

Aux Éditions Nuit Myrtide

AIR CONDITIONNÉ. *Dessins de Mako.*

Aux Éditions Imbroglio

LEVÉE D'ÉCROU. *Dessins de Mako.*

Aux Éditions Privat

GENS DU RAIL. *Photos de Georges Bartoli.*

Aux Éditions Oskar jeunesse

AVEC LE GROUPE MANOUCHIAN : LES IMMIGRÉS DANS LA RÉSISTANCE.

LA PRISONNIÈRE DU DJEBEL.

MORTEL SMARTPHONE.

Aux Éditions ad libris

OCTOBRE NOIR. *Dessins de Mako.*

LA MAIN ROUGE. *Dessins de Mako.*

Aux Éditions La Branche

ON ACHÈVE BIEN LES DISC-JOCKEYS.

Aux Éditions Jérôme Millon

BAGNOLES, TIRES ET CAISSES. *Dessins de Mako.*

Aux Éditions de l'Archipel

TÊTES DE MAURES (Folio Policier n° 756).

Aux Éditions Larousse

UNE OASIS DANS LA VILLE.

L'ESCLAVE DU LAGON.

LA VENGEANCE DE REAMA.

DANS LA JUNGLE.

LE MAQUIS DES JUSTES.

Aux Éditions Hugo Desinge

80's : LE GRAND MIX. *Photos de Pierre Terrasson, préface d'Alain Maneval.*

Aux Éditions Bruno Doucey

CACHÉ DANS LA MAISON DES FOUS (Folio n° 6260).

Chez EP Éditions

MATIN DE CANICULE. *Dessins de Mako.*

CANNIBALE. *Dessins d'Emmanuel Reuzé.*

CARTON JAUNE. *Dessins et couleurs d'Asaf Hanuka.*

TEXAS EXIL. *Dessins de Mako, couleurs de Fabien Alquier.*

COLLECTION FOLIO

Dernières parutions

6457.	Philippe Sollers	*Mouvement*
6458.	Karine Tuil	*L'insouciance*
6459.	Simone de Beauvoir	*L'âge de discrétion*
6460.	Charles Dickens	*À lire au crépuscule et autres histoires de fantômes*
6461.	Antoine Bello	*Ada*
6462.	Caterina Bonvicini	*Le pays que j'aime*
6463.	Stefan Brijs	*Courrier des tranchées*
6464.	Tracy Chevalier	*À l'orée du verger*
6465.	Jean-Baptiste Del Amo	*Règne animal*
6466.	Benoît Duteurtre	*Livre pour adultes*
6467.	Claire Gallois	*Et si tu n'existais pas*
6468.	Martha Gellhorn	*Mes saisons en enfer*
6469.	Cédric Gras	*Anthracite*
6470.	Rebecca Lighieri	*Les garçons de l'été*
6471.	Marie NDiaye	*La Cheffe, roman d'une cuisinière*
6472.	Jaroslav Hašek	*Les aventures du brave soldat Švejk*
6473.	Morten A. Strøksnes	*L'art de pêcher un requin géant à bord d'un canot pneumatique*
6474.	Aristote	*Est-ce tout naturellement qu'on devient heureux ?*
6475.	Jonathan Swift	*Résolutions pour quand je vieillirai et autres pensées sur divers sujets*
6476.	Yājñavalkya	*Âme et corps*
6477.	Anonyme	*Livre de la Sagesse*
6478.	Maurice Blanchot	*Mai 68, révolution par l'idée*
6479.	Collectif	*Commémorer Mai 68 ?*

6480. Bruno Le Maire	*À nos enfants*
6481. Nathacha Appanah	*Tropique de la violence*
6482. Erri De Luca	*Le plus et le moins*
6483. Laurent Demoulin	*Robinson*
6484. Jean-Paul Didierlaurent	*Macadam*
6485. Witold Gombrowicz	*Kronos*
6486. Jonathan Coe	*Numéro 11*
6487. Ernest Hemingway	*Le vieil homme et la mer*
6488. Joseph Kessel	*Première Guerre mondiale*
6489. Gilles Leroy	*Dans les westerns*
6490. Arto Paasilinna	*Le dentier du maréchal, madame Volotinen et autres curiosités*
6491. Marie Sizun	*La gouvernante suédoise*
6492. Leïla Slimani	*Chanson douce*
6493. Jean-Jacques Rousseau	*Lettres sur la botanique*
6494. Giovanni Verga	*La Louve et autres récits de Sicile*
6495. Raymond Chandler	*Déniche la fille*
6496. Jack London	*Une femme de cran* et autres nouvelles
6497. Vassilis Alexakis	*La clarinette*
6498. Christian Bobin	*Noireclaire*
6499. Jessie Burton	*Les filles au lion*
6500. John Green	*La face cachée de Margo*
6501. Douglas Coupland	*Toutes les familles sont psychotiques*
6502. Elitza Gueorguieva	*Les cosmonautes ne font que passer*
6503. Susan Minot	*Trente filles*
6504. Pierre-Etienne Musson	*Un si joli mois d'août*
6505. Amos Oz	*Judas*
6506. Jean-François Roseau	*La chute d'Icare*
6507. Jean-Marie Rouart	*Une jeunesse perdue*
6508. Nina Yargekov	*Double nationalité*
6509. Fawzia Zouari	*Le corps de ma mère*
6510. Virginia Woolf	*Orlando*

6511. François Bégaudeau *Molécules*
6512. Élisa Shua Dusapin *Hiver à Sokcho*
6513. Hubert Haddad *Corps désirable*
6514. Nathan Hill *Les fantômes du vieux pays*
6515. Marcus Malte *Le garçon*
6516. Yasmina Reza *Babylone*
6517. Jón Kalman Stefánsson *À la mesure de l'univers*
6518. Fabienne Thomas *L'enfant roman*
6519. Aurélien Bellanger *Le Grand Paris*
6520. Raphaël Haroche *Retourner à la mer*
6521. Angela Huth *La vie rêvée de Virginia Fly*
6522. Marco Magini *Comme si j'étais seul*
6523. Akira Mizubayashi *Un amour de Mille-Ans*
6524. Valérie Mréjen *Troisième Personne*
6525. Pascal Quignard *Les Larmes*
6526. Jean-Christophe Rufin *Le tour du monde du roi Zibeline*
6527. Zeruya Shalev *Douleur*
6528. Michel Déon *Un citron de Limone* suivi d'*Oublie...*
6529. Pierre Raufast *La baleine thébaïde*
6530. François Garde *Petit éloge de l'outre-mer*
6531. Didier Pourquery *Petit éloge du jazz*
6532. Patti Smith *« Rien que des gamins ». Extraits de Just Kids*
6533. Anthony Trollope *Le Directeur*
6534. Laura Alcoba *La danse de l'araignée*
6535. Pierric Bailly *L'homme des bois*
6536. Michel Canesi et Jamil Rahmani *Alger sans Mozart*
6537. Philippe Djian *Marlène*
6538. Nicolas Fargues et Iegor Gran *Écrire à l'élastique*
6539. Stéphanie Kalfon *Les parapluies d'Erik Satie*
6540. Vénus Khoury-Ghata *L'adieu à la femme rouge*
6541. Philippe Labro *Ma mère, cette inconnue*
6542. Hisham Matar *La terre qui les sépare*
6543. Ludovic Roubaudi *Camille et Merveille*
6544. Elena Ferrante *L'amie prodigieuse (série tv)*

6545.	Philippe Sollers	*Beauté*
6546.	Barack Obama	*Discours choisis*
6547.	René Descartes	*Correspondance avec Élisabeth de Bohême et Christine de Suède*
6548.	Dante	*Je cherchais ma consolation sur la terre...*
6549.	Olympe de Gouges	*Lettre au peuple et autres textes*
6550.	Saint François de Sales	*De la modestie et autres entretiens spirituels*
6551.	Tchouang-tseu	*Joie suprême et autres textes*
6552.	Sawako Ariyoshi	*Les dames de Kimoto*
6553.	Salim Bachi	*Dieu, Allah, moi et les autres*
6554.	Italo Calvino	*La route de San Giovanni*
6555.	Italo Calvino	*Leçons américaines*
6556.	Denis Diderot	*Histoire de Mme de La Pommeraye* précédé de l'essai *Sur les femmes.*
6557.	Amandine Dhée	*La femme brouillon*
6558.	Pierre Jourde	*Winter is coming*
6559.	Philippe Le Guillou	*Novembre*
6560.	François Mitterrand	*Lettres à Anne. 1962-1995. Choix*
6561.	Pénélope Bagieu	*Culottées Livre I – Partie 1. Des femmes qui ne font que ce qu'elles veulent*
6562.	Pénélope Bagieu	*Culottées Livre I – Partie 2. Des femmes qui ne font que ce qu'elles veulent*
6563.	Jean Giono	*Refus d'obéissance*
6564.	Ivan Tourguéniev	*Les Eaux tranquilles*
6565.	Victor Hugo	*William Shakespeare*
6566.	Collectif	*Déclaration universelle des droits de l'homme*
6567.	Collectif	*Bonne année ! 10 réveillons littéraires*
6568.	Pierre Adrian	*Des âmes simples*

6569.	Muriel Barbery	*La vie des elfes*
6570.	Camille Laurens	*La petite danseuse de quatorze ans*
6571.	Erri De Luca	*La nature exposée*
6572.	Elena Ferrante	*L'enfant perdue. L'amie prodigieuse IV*
6573.	René Frégni	*Les vivants au prix des morts*
6574.	Karl Ove Knausgaard	*Aux confins du monde. Mon combat IV*
6575.	Nina Leger	*Mise en pièces*
6576.	Christophe Ono-dit-Biot	*Croire au merveilleux*
6577.	Graham Swift	*Le dimanche des mères*
6578.	Sophie Van der Linden	*De terre et de mer*
6579.	Honoré de Balzac	*La Vendetta*
6580.	Antoine Bello	*Manikin 100*
6581.	Ian McEwan	*Mon roman pourpre aux pages parfumées* et autres nouvelles
6582.	Irène Némirovsky	*Film parlé*
6583.	Jean-Baptiste Andrea	*Ma reine*
6584.	Mikhaïl Boulgakov	*Le Maître et Marguerite*
6585.	Georges Bernanos	*Sous le soleil de Satan*
6586.	Stefan Zweig	*Nouvelle du jeu d'échecs*
6587.	Fédor Dostoïevski	*Le Joueur*
6588.	Alexandre Pouchkine	*La Dame de pique*
6589.	Edgar Allan Poe	*Le Joueur d'échecs de Maelzel*
6590.	Jules Barbey d'Aurevilly	*Le Dessous de cartes d'une partie de whist*
6592.	Antoine Bello	*L'homme qui s'envola*
6593.	François-Henri Désérable	*Un certain M. Piekielny*
6594.	Dario Franceschini	*Ailleurs*
6595.	Pascal Quignard	*Dans ce jardin qu'on aimait*
6596.	Meir Shalev	*Un fusil, une vache, un arbre et une femme*
6597.	Sylvain Tesson	*Sur les chemins noirs*
6598.	Frédéric Verger	*Les rêveuses*
6599.	John Edgar Wideman	*Écrire pour sauver une vie. Le dossier Louis Till*
6600.	John Edgar Wideman	*La trilogie de Homewood*